헤르만 헤세 아저씨가 들려주는

어린이를 위한

생각 동화 2

헤르만 헤세 아저씨가 들려주는
어린이를 위한

생각 동화 2

1판 1쇄 | 2013년 8월 13일

지은이 | 헤르만 헤세
옮긴이 | 송명희, 글씸

펴낸이 | 모계영
펴낸곳 | 가치창조
편 집 | 박지연, 박혜연
디자인 | 서정민
마케팅 | 김종식

등 록 | 제406-2012-000041호
주 소 | 서울시 마포구 모래내로 7길 12, 405
전 화 | 070-7733-3227 팩 스 | 02-303-2375
이메일 | shwimbook@hanmail.net

ISBN 978-89-6301-090-8 43850
978-89-6301-088-5(세트)

가치창조 공식 블로그 http://blog.naver.com/gachi2012
단비어린이는 가치창조 출판그룹의 어린이 책 전문 브랜드입니다.

헤르만 헤세 아저씨가 들려주는

어린이를 위한

생각 동화 2

헤르만 헤세 지음
송명희, 글씸 옮김

단비어린이

차례

2권

1권

도시

아우구스투스

아이리스

유럽인

구도자

깊은 골짜기를 휘돌아 온 바람에서는 물이끼 냄새가 났다. 계곡 입구 어두운 바위 문 앞에서 나는 머뭇거렸다. 뒤를 돌아보니 태양은 끝없이 푸른 세상을 따사롭게 비추고 있었다. 멀리 초원을 수놓은 들꽃들이 바람에 한들거리는 모습이 보였다. 융단처럼 보드라운 풀밭에 안긴 듯 따뜻하고 유쾌한 기분이 드는 곳이었다. 적어도 그곳에서라면 꽃향기에 취한 꿀벌처럼 영혼 깊숙이 울려 나오는 기쁨으로 즐거이 콧노래를 부를 수도 있었다. 이 모든 것을 내려놓고 산에 오르려 하다니 나는 참으로 어리석었다.

안내인이 말없이 내 팔을 잡아끌었다. 나는 따뜻한 물이 가득한 욕조 안에서 박차고 일어나듯 그 정겨운 풍경에서 고개를 돌렸다. 그리고 빛 한 줄기 새어 들지

않는 칙칙한 골짜기를 바라보았다. 바위를 타고 내려온 물이 작은 개울을 이루며 흘러가고 있었다. 개울가의 키 작은 나무 덤불 밑에는 희멀쑥한 풀들이 자라고, 검푸른 물속의 잔 돌멩이들은 마치 죽은 동물의 뼈처럼 창백하게 빛났다.

"좀 쉬었다 갑시다."

나는 안내인에게 말하며 풀밭 위에 주저앉았다. 안내인은 조용히 미소를 지으며 자리를 잡고 앉았다. 그늘진 곳이라 제법 서늘했다. 바위 문으로 차고 축축한 공기가 새어나와 우리를 감쌌다.

꼭 이 길을 가야 하나? 나도 모르게 한숨이 나왔다. 어두컴컴한 저 바위 문 안으로 들어가야 한다고 생각하니 영 마음이 내키지 않았다. 게다가 차가운 개울을 건너 좁고 가파른 골짜기를 기어오를 일도 끔찍했다.

"길이 참 고약해 보이네요."

나는 결국 툭 내뱉고 말았다.

그냥 이대로 돌아간들 누가 뭐라 할 것인가? 안내인을 잘 설득하면 되지 않을까? 이 모든 일에서 벗어날 방법이 있을지도 모른다는 생각이 강하게 꿈틀거렸다. 뭔가 불투명하고 말도 안 되는 희망이 자꾸만 마음을 붙들고 놓아주지 않는 것이다. 왜 아니겠는가? 우리가 떠나온 곳은 여기에 비하면 천국이었다. 그곳에서의 삶은 내게 보다 풍요롭고 따뜻한 사랑을 안겨 줄 것이다. 한 줄기 햇빛만으로도 내 눈동자에는 푸른 나뭇가지와 꽃들이 생기 있게 빛날 것이고, 그 안에서 나는 작은 행복을 누릴 수 있다. 우리는 대자연 아래 그저 어린아이처럼 힘없는 미완성의 존재가 아니던가?

사실, 난 그곳에 머물고 싶었다. 영웅이나 순교자가 될 생각은 손톱만큼도 없었다. 그냥 이대로 환한 햇빛이 넘치는 곳에 머물러도 된다면 그것으로 평생 만족하며 살 것이다.

갑자기 몸이 부르르 떨렸다. 아무리 봐도 오래 있을 곳이 못 되었다.

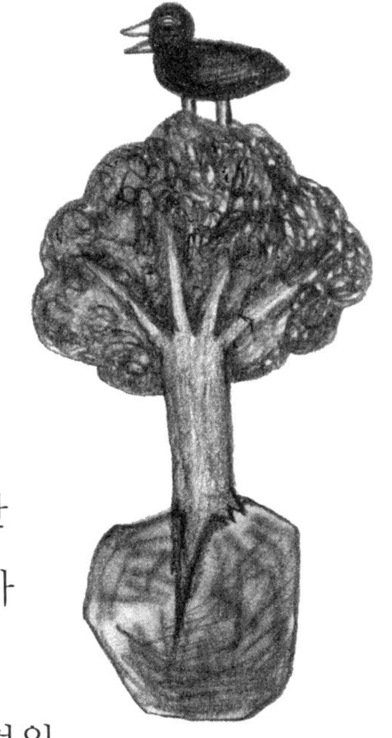

"자, 이제 그만 일어납시다."

안내인은 몸을 일으키며 다시 미소를 지었다. 그 미소 속에는 비웃음이나 연민 따윈 없었다. 또한 엄격함이나 너그러움도 엿보이지 않았다. 그를 이끄는 것은 오로지 확고한 신념과 지혜뿐이었다. 그의 눈빛은 마치 이렇게 말하고 있는 듯했다.

"나는 당신을 압니다. 당신이 두려워하고 있다는 것도 알지요. 며칠 전 내게 큰소리쳤던 일도 기억하고 있어요. 물론 겁이 나서 이 상황에서 도망치고도 싶겠지요. 저 따뜻한 햇살 속의 모든 것이 당신의 마음을 붙들고 놓아주지 않는다는 것도 잘 압니다."

안내인은 내가 일어서기를 재촉하면서 어두운 골짜기로 걸음을 옮겼다. 마치 교수형을 받은 자가 제 목을 내리칠 도끼날을 증오하면서도 기꺼이 받아들이듯이, 나는 그렇게 그의 뒤를 따랐다. 나는 그의 지혜와 침착함이 못내 싫었다. 비인간적이고 빈틈없는 태도를 경

멸했다. 한편으로는 내 안에 있는 모든 것을 그에게 내어 주고, 그의 말에 맞장구치며, 그를 따름으로써 그와 같아지고 싶어 했던 나 자신을 증오했다.

그는 벌써 어둑한 개울을 건너 바위 모퉁이를 돌아가고 있었다.

"잠깐만요!"

나는 와락 겁이 나서 소리쳤다. 이 모든 것이 꿈이라면 얼마나 좋을까? 꿈에서 깨어 이 순간의 두려움이 산산조각 나 버릴 수만 있다면.

"잠깐, 내 얘길 들어 보세요. 난 못하겠어요. 아직 준비가 안 됐다고요!"

안내인은 걸음을 멈추고 돌아보았다. 그의 얼굴에 나를 질책하는 빛은 없었다. 하지만 확고하고 자신에 찬 태도로 내 마음이 어떤지 다 안다는 듯한 눈빛이었다.

"그냥 돌아갈까요?"

그가 물었다.

그의 말이 끝나기도 전에 내 입에서 "아니오."라는

말이 튀어나오리라는 것을 나는 알고 있었다. 아니, 그렇게 말해야만 했다. 하지만 내 마음 깊은 곳을 차지하고 있는, 아주 오래되고 친숙한 것들은 기다렸다는 듯이 "그래, 돌아가자고 해!"라고 부르짖었다. 온 세상과 내 고향의 운명이 내 발에 달려 있었다. 나는 당장 그렇게 하자고 소리치고 싶었다. 그럴 수 없다는 것을 누구보다 잘 알고 있었지만.

안내인이 잠자코 내 뒤쪽의 골짜기를 손으로 가리켰다. 나는 뒤를 돌아보았다. 그리고 가슴이 찢어지는 듯한 고통을 느꼈다. 창백한 태양 아래 한때 친밀하고 다정했던 골짜기와 들판이 삭막한 모습으로 누워 있었다. 나무와 꽃들은 본연의 빛깔을 잃은 채 거칠고 야만적인 적의를 드러내며 탁한 그림자를 드리우고 있었다. 이미 숨이 끊어진 생명체처럼 매력이나 향기 따윈 찾아볼 수 없었다. 신물이 날 만큼 질려 다시는 거들떠 보고 싶지 않은 냄새를 풍겼다.

대체 무슨 짓을 한 것인가. 대지의 따뜻한 미소를 짓뭉개고, 모든 향기를 빼앗고 그 맑은 기운을 독에 취하게 하다니! 나는 그가 저지른 끔찍한 짓에 몸서리를 쳤다. 하지만 그때 비로소 깨달았다. 내가 그동안 달콤하게 마셨던 포도주는 그저 시고 떫은 물이었을 뿐이다. 다시는 그것이 포도주가 되는 일은 없을 것이다.

나는 입을 꾹 다문 채 안내인의 뒤를 따랐다. 그가 옳았다. 항상 그랬듯이 그는 내게 분명한 길을 보여 주었다. 적어도 보이지 않는 곳에서라도 나와 함께 머물러 준다면 좋으리라. 결단의 순간에 낯선 목소리만 남긴 채 내 곁을 사라져 버리지만 않는다면 더 바랄 것이 없었다. 그는 종종 그랬다.

나는 아무 말도 하지 않았지만, 내 가슴속에서는 '제발 함께 머무르기만 하면 기꺼이 따라가리다.' 라고 외치고 있었다.

이끼 낀 돌멩이들은 축축하고 미끄러웠다. 까딱 잘못하면 개울물에 발이 빠지고 말 것이다. 한 걸음 한 걸음 조심스럽게 떼다 보니 진이 빠졌다. 개울을 건너자 바위 틈새로 좁고 가파른 비탈길이 이어졌다. 양쪽에서 바위들이 길을 막듯이 버티고 있었다. 금방이라도 무거운 바윗돌이 몸을 짓눌러 나를 영원히 그 안에 가두어 둘 것처럼 보였다. 거무칙칙한 바위 위로 번들거리는 물줄기가 끊임없이 흘러내렸다. 하늘과 구름, 푸른 잎사귀들은 자취도 없이 사라졌다.

나는 안내인을 놓칠세라 부지런히 걸음을 옮겼다. 이따금 불안감에 휩싸여 발이 허공을 딛는 기분이 들기도 했다. 바위 밑에 검은 빛의 꽃이 피어 있었다. 벨벳처럼 짙고 슬픈 눈으로 꽃이 내게 말을 걸었지만 한가하게 대꾸할 여유가 없었다. 안내인의 걸음을 따라가려면 한눈을 팔아서는 안 되었다. 잠깐이라도 꽃과

눈을 맞추고 그의 슬픔을 들여다보게 되면 내 영혼은 비탄에 젖어 우울하게 무의미한 세계를 떠돌게 될 것이다.

온몸이 땀에 젖어 끈적거렸다. 하지만 나는 쉬지 않고 기어올랐다. 길이 점점 좁아졌을 때, 안내인이 갑자기 노래를 부르기 시작했다. 그는 발걸음에 맞추어 명랑한 목소리로 씩씩하게 노래했다.

"나는 해내리라. 기어코 해내고 말리라……."

내게 기운을 북돋워 주려고 그러는 것이다. 그런 식으로 이 지옥 같은 길을 헤매는 고역과 암담한 기분을 잠시 잊게 해 주려는 속셈임을 모르는 바가 아니었다. 물론 내가 뭐라고 한마디 대꾸해 주기를 기다린다는 것도 알고 있었다. 그러나 나는 그럴 기분이 아니었다. 그에게 승리의 기분을 맛보게 해 줄 생각은 조금도 없었다. 더구나 이 마당에 노래를 하다니, 말도 안 되는 소리였다. 인간이란 얼마나 단순한가? 그 길이 아무리 힘들어도 신이 요구한다면 잠자코 따라가야 할 가련한 존재가 아니던가?

하다못해 길섶에 피는 패랭이꽃조차 자기 뜻대로 그 자리에서 피었다 지는 게 아니지 않는가?

"…… 내 기어코 해내고 말리라!"

안내인은 계속해서 같은 노래를 불렀다.

나는 그 순간에도 왔던 길을 되돌아가고 싶은 마음이 굴뚝같았다. 하지만 뭔가 알 수 없는 힘에 이끌려 나는 이미 바위 벽을 빠져나와 벼랑 위를 기어오르고 있었다. 이제 돌아가려야 갈 수도 없었다. 그걸 깨닫는 순간 왈칵 눈물이 쏟아졌다. 하지만 소리 내어 울 수는 없었다. 적어도 눈물을 보여서는 안 된다. 결국 나는 부러 큰 소리로 안내인의 노래에 화답하듯 노래를 불렀다. 지금의 내 심정을 담은 노랫말이 새어 나왔다.

'그래, 그래. 그렇게 해야겠지.'

산을 오르며 노래하기란 쉽지 않았다. 몇 걸음 안 가 숨이 가빠진 나는 입을 다물었다. 안내인은 지치지도

않고 노래를 불렀다.

"해내리라. 우리가 기어코 해내고 말리라."

그는 내가 가사를 따라 부르도록 은근히 압박했다.

한참을 가다 보니 산을 오르기가 좀 수월해졌다. 이젠 마지못해 끌려가는 게 아니라 나 스스로 나아가고 있었으며 노래하는 데 신경 쓰다 보니 아무 생각도 나지 않았다.

어느 순간 마음이 편해지며 더 이상 바위가 미끄럽게 느껴지지 않았다. 실제로 바위는 내게 친근하게 굴며 발을 헛디딜 때마다 나를 받쳐 주기도 했다. 이윽고 머리 위에 손바닥만 한 쪽빛 하늘이 보였다. 한참 지나자 푸른 호수 같은 하늘이 눈에 들어왔다.

나는 스스로에게 강하고 진지해져야 한다고 다짐했다. 길이 점점 환해지며 드넓은 하늘이 머리 위에 활짝 펼쳐졌다. 편편한 길이 이어진 곳에서 나는 뜀박질을 하기도 했다. 드디어 눈앞에 금빛으로 타오르는 듯한

높은 산봉우리가 보였다.

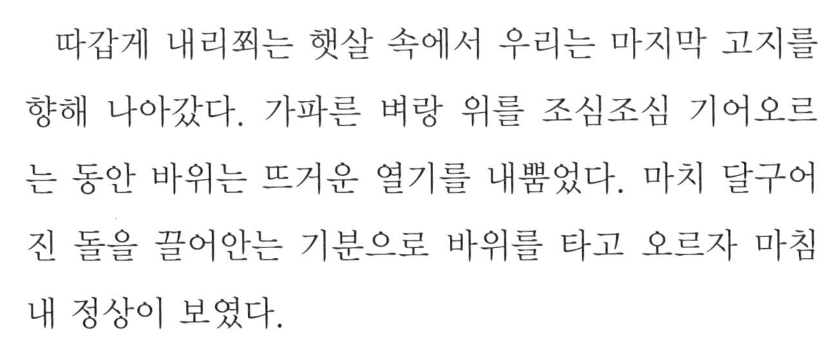

좁은 동굴 같은 바닥을 기어 나오자 눈부신 햇살이 앞을 가로막았다. 한참 만에 주위를 둘러보던 나는 그만 다리가 후들거렸다. 나는 의지할 거라곤 아무것도 없는 가파른 바위 위에 우뚝 서 있었다. 눈앞이 아찔하고 현기증이 났다. 끝없이 펼쳐진 하늘이 깊고 푸른 심연을 드러내고 있었다. 산봉우리는 이제 손에 잡힐 듯 가까워졌다.

따갑게 내리쬐는 햇살 속에서 우리는 마지막 고지를 향해 나아갔다. 가파른 벼랑 위를 조심조심 기어오르는 동안 바위는 뜨거운 열기를 내뿜었다. 마치 달구어진 돌을 끌어안는 기분으로 바위를 타고 오르자 마침내 정상이 보였다.

참으로 이상한 봉우리였다. 죽을힘을 다해 올라온 그곳에는 나무 한 그루가 자라고 있었다. 나무는 뾰족하고 튼튼한 가지를 늘어뜨리고 있었으며 작지만 당차

보였다.

나무를 보고 있자니 말로 표현할 수 없는 고독감이 느껴졌다. 좁은 바위틈에 뿌리를 내린 채 온 세상을 굽어보며 하늘빛에 가지를 담그고 있는 듯했다. 나무 꼭대기에서 검은 새 한 마리가 낯선 방문객들을 보고 놀라서 깍깍거렸다.

나는 세상 꼭대기에 올라 잠시 고요한 꿈에 취했다. 태양의 열기에 바위가 이글이글 타오르고, 새는 덩달아 날카로운 목소리로 노래했다.

검은 새의 수정처럼 번쩍이는 눈이 우리를 쏘아보았다. 그 눈빛이 워낙 강렬하여 감히 바라볼 수가 없었다. 노래를 듣고 서 있기도 힘들었다.

나는 이곳의 절대적인 고독과 공허에 두려움을 느꼈다. 아무것도 담고 있지 않은 그 광활한 하늘의 황량함을 견딜 수가 없었다. 이러한 세계에 머문다는 것 자체가 더할 수 없는 고통이 될 것이다. 나는 뭔가 행동을 하지 않으면 당장 이 자리에서 돌이 되어 버릴 것 같은

환상에 사로잡혔다. 천둥번개에 앞서 찾아온 돌풍처럼 거친 숨결이 온몸을 친친 휘감았다. 그것은 내 육체와 영혼을 뜨겁게 불살랐다. 저항할 힘도 없었다.

그때 새가 노래를 멈추더니 가지 위로 후르르 날아올랐다. 그러고는 추락하듯 세상 속으로 몸을 던졌다. 이어 안내인이 계곡의 푸름 속으로 몸을 날렸다. 그는 잠시 몸을 떨며 허공을 헤매다가 어디론가 날아가 버렸다.

이제 운명의 시간이 다가왔다. 내 가슴은 잘게 부서져 산산조각이 났다. 산 아래로 떨어진 나는 어느 순간 날고 있다는 걸 깨달았다. 서늘한 공기가 몸을 뚫고 지나가는 것 같았다. 이루 말할 수 없는 기쁨과 고통에 떨며 나는 아래로 아래로 내려갔다. 대지의 품 안에 똑바로 내리꽂히듯 그렇게 떨어졌다.(1916년)

팔둠

장날

전나무 숲과 목초지를 지나면 드문드문 논밭들이 보이고 작은 언덕들이 물결치듯 이어진다. 이 구릉지대가 끝나는 곳에 팔둠 시내로 가는 큰길이 길게 뚫려 있다. 갈수록 들판에는 농가와 농장들이 많아지고, 길 양쪽으로 별장과 아름다운 정원들이 늘어서 있다.

이곳은 바다와는 한참 떨어져 있었다. 그래서 세상이 온통 작은 언덕과 아름다운 골짜기, 목장과 숲, 논밭, 과수원들로만 이루어진 것처럼 보인다.

이 지역의 과수원에서 나는 사과나 호두는 특히 맛이 뛰어나고 품질이 좋기로 유명했다. 숲에서는 좋은 목재를 생산했으며, 목장의 소들은 사시사철 신선한 우유와 고기를 주었다.

오래된 집들은 소박한 멋을 풍겼고, 사람들은 정직하고 부지런했다. 마을에 문제를 일으키거나 옳지 않은 일을 부추기는 사람도 없어 대체로 차분하고 조용한 편이었다. 더러 잘사는 이웃을 부러워하기는 했지만 이들은 큰 아쉬움 없이 만족하며 살았다. 팔둠 지방은 세상 어디서나 흔히 볼 수 있는 소도시의 평범한 분위기를 지니고 있었다.

어느 날, 팔둠 시내로 들어가는 길이 아침부터 소란스러웠다. 새벽 첫닭이 울기가 바쁘게 많은 사람들이 수레를 끌고 또는 걸어서 시내를 향해 부산하게 움직였다. 오늘이 바로 1년에 단 한 번 가장 큰 장이 서는 날이었기 때문이다.

근처에 사는 사람들이라면 누구든 1년 내내 그날이 오기만 손꼽아 기다렸다. 농부나 마을

아낙은 물론이고 장인이나 직공, 견습공 할 것 없이 일주일 전부터 장에 갈 생각으로 부풀어 있었다. 하인들이나 사내아이, 여자아이들도 마찬가지였다. 하지만 모든 이가 다 장 구경을 하러 갈 수는 없었다. 가축들의 먹이를 줘야 한다든지, 어린아이나 환자와 노인들을 돌봐야 하는 사람들은 별 수 없이 집에 남아야 했다.

이들은 장에 가지 못하는 것을 못내 아쉬워했다. 그 중에는 마치 1년이 송두리째 날아가 버린 듯한 슬픔에 빠진 이도 있었다. 장에 가지 못한 이들에게는 늦여름의 푸른 하늘에 떠 있는 눈부신 태양이 야속하기만 했다.

아낙과 하녀들이 저마다 작은 바구니를 팔에 끼고 지나갔다. 깔끔하게 면도를 한 젊은이들은 길섶에 핀 패랭이꽃이나 과꽃을 꺾어 겉옷 단춧구멍에 꽂았다. 하나같이 축제에 가는 것처럼 좋은 옷을 꺼내 입고 들떠 있었다. 여자아이들의 촘촘하게 땋아 늘인 머리채에서는 반짝반짝 윤기가 흘렀다. 마차를 모는 이는 채찍 손

잡이에 꽃이나 리본을 달아 한껏 멋을 부렸다. 더러 형편이 넉넉한 자들은 놋쇠 장식을 단 말안장을 말의 무릎께까지 늘어뜨리기도 했다.

마차 안과 지붕도 아름답게 꾸며져 있었다. 옆구리에 난간을 달거나 잎사귀가 달린 밤나무를 가지째 꺾어 지붕을 올린 마차들이 지나갔다. 마차에 탄 사람들은 광주리나 아이들을 무릎에 올려놓은 채 비좁게 끼어 앉아 가면서도 그저 흥에 겨워 큰 소리로 노래를 불러 댔다.

이따금 화려한 깃발과 알록달록한 종이꽃으로 장식한 마차도 눈에 띄었다. 그런 마차 안에서는 요란한 음악 소리가 터져 나왔다. 금빛으로 번쩍이는 호른과 트럼펫에서 흘러나온 웅장하면서도 활기찬 가락이 온 길거리에 울려 퍼졌다.

동이 틀 무렵 집을 나섰던 아이들은 다리가 아프다고

칭얼댔고, 엄마들은 아이들 달래느라 애를 먹었다. 더러 마음씨 좋은 마부들이 아이들을 마차에 태워 주었다. 나이가 지긋한 아낙은 쌍둥이를 태운 유모차를 끌고 걸어갔다. 세상모르고 잠든 두 아이의 가슴께에는 발그스름한 뺨에 예쁜 옷을 입고 머리를 곱게 빗은 인형이 놓여 있었다.

한길가에 사는 이들은 이 부산하고 떠들썩한 아침 풍경에 정신이 팔려 있었다. 비록 장에 가지는 못하더라도 이 광경을 보는 것만으로도 가슴이 설레었다.
사실 장에 가지 못하는 사람들은 몇 없었다.

열 살쯤 되는 소년이 훌쩍거리며 정원 층계에 앉아 한껏 들뜬 사람들의 모습을 쳐다보았다.
소년은 할머니를 돌봐야 했기 때문에 장에 갈 수가 없었다. 한참을 울던 아이는 동네 아이들 몇이 마차 뒤를 따라가는 것을 보자 한걸음에 뛰어가 아이들 무리에 끼었다.

길갓집에 나이 많은 남자가 홀로 살았다. 그는 장 구경 따위에 돈을 쓰고 싶지 않았다. 일을 팽개치고 아침부터 법석을 떠는 사람들과는 상관없이 그저 조용히 집안일이나 할 생각이었다. 그렇지 않아도 산울타리 가지가 웃자라 보기에 거슬리던 참이었다. 그는 아침 이슬이 걷히자 커다란 전지가위를 가지고 들쭉날쭉한 가지들을 다듬기 시작했다.

그런데 얼마 안 있어 전지가위를 내던지고는 씩씩거리며 집 안으로 들어가 버렸다. 집 앞을 지나가는 젊은이들은 이런 날 울타리나 다듬고 있는 남자가 한심하다는 듯 비웃었고, 마차 안에 탄 이들은 손가락질을 하며 수군댔다. 그 모습을 본 처녀들도 덩달아 웃음을 참지 못하고 키득거렸다. 부아가 치민 그가 눈을 부라리며 가위를 쳐들고 위협하는 몸짓을 했다. 그러자 다들 깔깔거리고 웃었다. 그중 몇몇은 모자를 흔들어 보이며 따라오라는 시늉을 하기도 했다.

그는 덧문을 잠그고

방 안에 들어앉아 문틈으로 밖을 내다 보았다. 한참 지나니 화가 좀 풀렸다. 그런데 사람들 몇이 시간에 늦었다는 듯 장터를 향해 허둥지둥 달려가는 걸 보자 도저히 앉아 있을 수가 없었다. 그는 1탈러를 챙겨 넣고 서둘러 장화를 신었다. 막 집을 나서려는데 아무래도 1탈러는 너무 많다는 생각이 들었다. 그는 다시 안으로 들어가 1탈러를 꺼낸 뒤 반 탈러를 지갑에 넣고는 가죽 끈으로 꽁꽁 동여맸다. 문단속을 마친 그는 거리로 달려 나가 누구에게 쫓기는 사람처럼 뛰었다. 아마 그렇게 마차 두 대는 앞질렀을 것이다.

그가 떠나자 온 집이 텅 비었다. 사람들의 자취가 사라진 거리에는 정적이 흘렀다. 말굽 소리와 수레바퀴 소리, 트럼펫 소리가 요란하던 거리는 이제 쥐 죽은 듯 고요했다. 들판에서 새 떼가 날아왔다. 새들은 텅 빈 거리를 독차지하고 부연 먼지가 내려앉은 길가의 지붕 위에 앉아 조잘거렸다. 이따금 아련한 환호성 소리와 음악을 연주하는 악기 소리가 바람에 실려 왔다.

그때 커다란 모자를 눈 위까지 푹 눌러쓴 남자 한 명이 숲 속에서 걸어 나왔다. 남자는 느긋하게 끝없이 뻗어 있는 큰길을 따라 걸음을 옮겼다. 마른 몸에 훌쩍 키가 큰 그는 도보 여행에 이골이 난 사람처럼 보였다. 전혀 서두르는 기색도 없이 뚜벅뚜벅 걸어가고 있었다. 비록 빛바랜 검은 옷을 걸치고 있었지만 눈빛만은 깊고 차분했다. 세상 모든 것을 꿰뚫어 보는 듯한 눈빛에는 어떤 바람이나 욕심도 깃들어 있지 않았다.

그는 길을 걸으며 주위의 것들을 꼼꼼히 살폈다. 어지럽게 난 마차 바퀴 자국 속에서 그는 왼쪽 발굽을 상한 말이 한쪽을 질질 끌며 간 발자국도 찾아냈다. 흙먼지를 뒤집어쓴 팔둠 시가지의 집들이 언덕 위로 흐릿하게 솟은 모습을 아득한 시선으로 바라보기도 했다.

어떤 집 정원에서

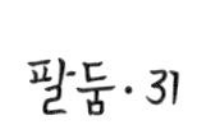

늙수그레한 부인이 일을 하다 손을 다쳐 외마디 비명을 지르는 것에도 귀를 기울였다. 부인은 집 안에 있는 누군가를 소리쳐 불렀지만 아무도 대답하는 이가 없었다.

그는 길바닥에서 햇빛에 반짝이는 것을 보았다. 주워 보니 둥근 놋쇠 판이었다. 아마도 말의 멍에에서 떨어진 것 같았다. 그는 금속판을 주머니에 집어넣고 다시 걸었다. 그리고 손질을 하다 만 산울타리도 보았다. 울타리는 얼마간은 제법 꼼꼼하게 다듬어져 있었는데, 점점 마지못해 한 것처럼 솜씨가 거칠었다. 고르지 않고 너무 움푹 깎인 곳도 있고, 건너뛰는 바람에 웃자란 가지가 고스란히 남아 제멋대로 뻗친 곳도 있었다. 집주인이 일을 하다 말고 허겁지겁 집을 나섰으리라는 것을 한눈에 알 수 있었다.

그는 길바닥에 떨어진 어린아이들이 갖고 노는 인형도 보았다. 인형의 머리가 마차 바퀴에 짓눌려 납작하게 찌그러져 있었다. 호밀 빵 한 덩이가 나뒹굴고 그

옆에는 버터 한 조각이 햇빛에 녹아 땅바닥에서 번들거렸다. 마지막으로 꽁꽁 동여맨 가죽 지갑 하나를 발견했는데, 안에는 반 탈러가 들어 있었다.

그는 인형을 주워 길가 이정표 밑에 얌전히 세워 두고, 흙 묻은 호밀 빵을 잘게 부수어 참새들 먹이로 뿌려 주었다. 또 반 탈러가 든 가죽 지갑은 주머니에 집어넣었다.

사람의 그림자가 보이지 않는 거리는 무거운 정적에 싸여 있었다. 길 양쪽에 늘어선 풀포기들은 먼지에 뒤덮인 채 뜨거운 열기에 말라 가고 있었다. 농가의 빈 뜰에서는 닭들이 구구거리며 먹이를 찾아다녔다. 나른한 햇살 속에서 꾸벅꾸벅 졸고 있는 닭들도 있었다.

한 노파가 양배추 밭에 거의 엎어진 채로 잡초를 뽑느라 여념이 없었다. 남자는 노파에게

시내까지 얼마나 남았느냐고 물었다. 노파는 가는귀가 먹은 듯했다. 그가 큰 소리로 다시 묻자 그제야 몸을 돌리더니 무슨 말인지 모르겠다는 표정으로 고개를 흔들어 보였다.

남자는 쉬지 않고 걸었다. 시내 쪽에서 이따금 음악 소리가 들려왔다. 갈수록 소리가 커지고 또렷해지며 폭포 소리처럼 울려 퍼졌다. 멀지 않은 곳에 사람들이 한데 어울려 즐겁게 노는 모습이 눈에 들어왔다.

곧이어 다리가 하나 나타났다. 그 아래로는 잔잔한 시내가 흐르고 있었다. 오리들이 수면 위로 떠다니며 노는 모습이 한가로워 보였다. 물이 어찌나 맑은지 물풀이 하늘거리는 모습까지 환히 비쳤다.

돌다리 중간쯤에 한 남자가 쭈그리고 앉은 채 잠들어 있었다. 머리에서 굴러떨어진 모자가 흙먼지 속에 나뒹굴고, 곁에는 작고 못생긴 개 한 마리가 주인을 지키고 있었다. 방랑자는 행여 그가 잠결에 난간 아래로 떨어지지 않을까 걱정되었다. 그런데 가만 보니 다리가 그리 높지 않고 물도 얕아 그를 깨우려던 생각을 그만 두고 지나쳤다.

비탈진 오솔길을 한참 걸어 내려오자 드디어 팔둠 시의 관문이 보였다. 문은 활짝 열려 있었고, 지키는 사람도 없었다. 남자는 문 안으로 들어섰다. 말끔히 포장된 도로 위로 내딛는 발소리가 경쾌하게 들렸다. 길 양쪽으로 늘어선 집 앞에 빈 수레와 덮개를 씌운 마차들이 한 줄로 서 있었다.

멀리서 웃고 떠드는 소리가 들려왔지만, 팔둠 시의 골목과 거리는 조용하기 그지없었다. 길거리에는 햇빛이 들지 않았다. 높은 건물 창문에 비친 햇살만이 강한 빛을 되쏘고 있었다. 방랑자는 잠시 마차 옆에 앉아 쉬었다. 일어서면서 그는 오다가 주웠던 놋쇠 판을 마부가 앉는 자리에 얌전히 올려놓았다.

길모퉁이를 꺾어지

기도 전에 떠들썩한 소음이 몰려들었다. 길거리에 좌판을 편 노점상들이 큰소리로 손님을 부르며 법석을 떨었다. 아이들이 여기저기서 은도금을 한 트럼펫을 불어 대는 소리에 귀가 따가웠다. 정육점 주인은 펄펄 끓는 솥에서 보기만 해도 군침이 도는 소시지 묶음을 끝도 없이 건져냈다.

돌팔이 의사가 사람들을 모아 놓고 두꺼운 뿔테 안경 속에서 눈을 희번덕거리며 뭐라고 열심히 주절거렸다. 그는 인간의 신체를 그린 그림을 걸어 놓고 온갖 질병에 대해 설명했다. 한쪽에서는 긴 머리를 늘어뜨린 한 사내가 낙타를 끌고 지나갔다. 낙타는 기다란 목을 빼고 군중을 휘둘러보면서 침 범벅이 된 입술을 우물거렸다.

방랑자는 그곳에서 벌어지는 광경을 하나도 빼놓지 않고 눈여겨보았다. 사람들에게 떠밀려 가만히 서 있기도 힘들었지만 명화의 복제품을 파는 좌판을 지나치고, 설탕을 듬뿍 뿌린 과자 위에 쓰인 글귀를 읽기도 하면서, 그는 사람들을 헤치고 앞으로 앞으로 나아갔다.

그는 이 복잡한 사람들 속에서 무언가를 찾고 있었다.

어느덧 중앙 광장에 이르자 한쪽에 새 장수가 보였다. 화려한 빛깔의 새들이 저마다 고운 목소리로 노래를 부르고 있었다. 그는 새장 안의 새들과 눈을 맞추며 인사했다. 되새, 메추라기, 카나리아, 종달새들이 그의 휘파람 소리에 답하듯 목청을 뽑았다.

그때 눈부신 빛 한 줄기가 그의 얼굴을 비추었다. 몇 발짝 떨어진 곳에 거울을 파는 노점이 있었다. 진열대에 걸린 크고 작은 거울들은 햇빛을 받아 강렬한 빛을 뿜어 댔다. 네모난 것, 동그란 것, 벽에 거는 것, 바닥에 세워두는 것이 있었고, 화장대 위에 놓는 것도 있었다. 늘 지니고 다니며 볼 수 있는 앙증맞은 손거울도 보였다.

거울 가게 주인은 손거울을 들고 사람들을 향해 눈부신 빛을 반사하면서 목이 터져라 고함을

질러 댔다.

"자, 거울 사세요. 팔둠에서 가장 좋은 거울들 구경하세요. 저기 아주머니, 아가씨들! 거울 한번 들여다보세요. 진짜 수정으로 만든 최고급 거울입니다요!"

방랑자의 얼굴에 얼핏 미소가 떠올랐다. 마침내 원하던 것을 찾았다는 듯 그는 거울 가게 앞에서 걸음을 멈추었다. 마침 시골 처녀 셋이서 거울을 구경하고 있었다. 그는 젊은 아가씨들에게로 다가가 찬찬히 살펴보았다.

시골 처녀들은 건강하고 활기가 넘쳤으며 특별히 아름답지도 못생기지도 않았다. 모두들 튼튼한 굽이 달린 구두에 단정하게 흰 양말을 신고 있었다. 환한 빛깔의 금발은 가지런히 땋아 내렸고 검은 눈망울에는 열정이 넘쳐흘렀다. 세 처녀는 거울을 구경하느라 바빴다. 저마다 맘에 드는 거울을 들고 살까 말까 망설이는 눈치였다. 처녀들이 고른 거울은 크지도 않았고 비싼 것도 아니었다.

처녀들은 저마다 거울에 비친 자신의 입매와 눈, 목에 걸린 작은 목걸이와 볼 언저리의 주근깨, 매끄러운 머리칼, 발그스름한 귓불을 들여다보았다. 그 모습은 몹시 진지해 보였다. 방랑자는 그 뒤에서 기웃거리며 세 개의 거울에 비친 처녀들의 모습을 슬쩍 들여다보았다.

한 처녀가 탄식하듯 말했다.

"아, 내 머리가 타는 듯이 붉은 금빛이라면 얼마나 좋을까? 무릎에 닿을 만큼 치렁치렁 내려온다면 정말 멋질 거야."

다른 처녀가 친구의 말을 듣더니 한숨을 포옥 내쉬며 거울을 빤히 들여다보았다. 그녀는 수줍은 듯 얼굴을 붉히며 마음에 담고 있던 소원을 말했다.

"난 세상에서 가장 예쁜 손을 갖는 게 소원이야. 하얗고

기다란 손가락에 손톱은 장밋빛으로 빛나는, 아름다운 손을 가질 수만 있다면 더 바랄 게 없겠어."

처녀는 거울을 들고 있는 자신의 손을 바라보았다. 손가락은 짧고 뭉툭했으며, 손바닥에는 밭일을 하느라 거칠고 굳은살이 박혀 있었다.

그러자 셋 중에 몸집이 가장 아담한 처녀가 웃으며 말했다.

"그것도 좋겠지. 하지만 손 같은 거야 아무려면 어때. 나는 팔둠 시에서 가장 뛰어난 무용수가 되는 게 소원이야."

처녀는 말을 하다 말고 깜짝 놀라 뒤를 돌아보았다. 거울 속에 낯선 남자의 얼굴이 보였기 때문이었다. 그녀의 나지막한 비명 소리에 친구들이 돌아다보았다. 세 처녀는 그때까지 곁에 방랑자가 서 있는 줄도 알지 못했다. 방랑자는 고개를 끄덕이며 처녀들에게 말했다.

"아가씨들은 방금 각자의 소원을 말했어요. 정말 그

소원이 이루어지기를 바라나요?"

몸집이 작은 처녀는 얼른 거울을 든 손을 뒤로 감추었다. 그녀는 이 무례한 남자를 따끔하게 혼내 줄 말이 없을까 궁리했다. 그런데 막상 그의 눈빛을 보니 자기도 모르게 마음이 약해지고 말았다.

"그게 당신과 무슨 상관이 있죠?"

처녀는 겨우 이 말만 하고는 얼굴이 홍당무처럼 발갛게 되었다.

아름다운 손을 갖고 싶었던 처녀는 이 낯선 남자에게 이상하게 호감이 갔다. 어딘지 모르게 신뢰가 가서 그녀는 이렇게 말했다.

"네, 우리는 진심으로 그걸 바라고 있어요. 그렇게만 된다면 정말 행복할 거예요."

거울 장수가 조용히 입을 다물었고, 주위에 있던 구경꾼들도 덩달아 그들의 이야기에 귀

기울였다. 방랑자가 모자를 슬쩍 들어 올리자 맑은 이마와 당당한 눈이 드러났다. 그는 세 처녀에게 다정한 미소를 보내고는 힘 있게 외쳤다.

"자, 이제 아가씨들은 소원을 이루게 되었습니다."

처녀들은 서로 얼굴을 마주보다가 얼른 손에 들고 있던 거울을 들여다보았다. 그리고 외마디 비명을 지르며 얼굴이 창백해졌다.

첫 번째로 소원을 빌었던 처녀는 무릎까지 치렁치렁 내려오는 타는 듯한 붉은 머리칼을 하고 있었다. 두 번째 처녀는 투박하고 거칠던 손 대신 희고 가녀린 손가락으로 거울을 들고 있었다. 세 번째 처녀 역시 날씬하게 뻗은 다리를 하고 발에는 토슈즈를 신고 있었다.

처녀들은 어찌 된 일인지 영문을 모른 채 서로 얼굴을 마주 보았다. 희고 우아한 손을 갖게 된 처녀는 친구의 아름다운 머리카락에 얼굴을 묻고 기쁨의 눈물을 흘렸다.

거울 가게 앞에서는 한바탕 난리가 벌어졌다. 기적이 일어나는 것을 지켜본 한 직공은 넋이 나간 채 방랑자를 쳐다보았다.

방랑자가 말했다.

"당신도 바라는 것이 있으면 말해 보시오."

그 직공은 깜짝 놀라 무슨 소원을 빌어야 할지 허둥대며 주위를 두리번거렸다. 하도 갑작스러운 일이라 정신이 하나도 없었다. 그때 문득 정육점 앞에 매달린 굵고 붉은 소시지 묶음이 눈에 띄었다. 직공은 엉겁결에 그쪽을 가리키며 더듬거렸다.

"저런 소시지 묶음이 하나 있었으면 좋겠어요."

말이 끝나기가 무섭게 그의 목에는 소시지 묶음이 걸려 있었다. 이것을 본 사람들은 탄성을 지르며, 방랑자 쪽으로 우르르 몰려들었다. 조금이라도 더 가까이

오려고 서로 밀고 밀치는 통에 가게 앞은 난장판이 되었다.

방랑자는 모두 한 가지씩 소원을 말할 수 있게 해 주었다. 맨 앞에 서 있던 사람은 좀 더 나은 소원을 말해야겠다고 생각하고, 멋진 천으로 만든 양복을 갖고 싶다고 말했다. 그는 시장님도 입어 보지 못한 최고급 옷을 걸치고 있는 자신을 발견하고 입이 벌어졌다. 이어 시골 아낙이 나섰다. 그녀는 통 크게 10탈러를 갖는 게 소원이라고 말했다. 그러자 곧 그녀의 주머니에서 은화가 짤랑거리는 소리가 났다. 사람들은 실제로 기적이 일어나는 것을 보면서 저마다 어떤 소원을 빌지 진지하게 생각했다.

소문은 삽시간에 퍼져 나갔다. 도시의 모든 사람들이 소문을 듣고 벌 떼처럼 몰려들었다. 1년에 단 한 번 서는 장에 오려고 새벽부터 길을 나선 사람들이 이 좋은 구경거리를 놓칠 리가 없었다. 거울 가게 앞은 사람들로 발 디딜 틈 없었다.

물론 터무니없는 헛소문이라고 비웃는 이들도 많았

다. 그들은 할 일 없는 사람들이 이야기를 지어 퍼뜨렸다고 생각했다.

그러나 대부분은 욕망에 들떠 정말 그런 일이 있다면 지구 끝까지라도 쫓아갈 기세로 뛰었다. 소원을 들어준다니, 그것도 어떤 것이든 원하는 대로 들어준다니, 세상에 이런 기회가 어디 있단 말인가. 이들은 무슨 소원을 빌어야 좋을지 머리를 쥐어짰다. 혹시나 소원을 빌어 보기도 전에 나쁜 일이 생겨 기회를 놓치진 않을까 조바심을 내는 이들도 있었다.

사내아이들은 과자나 구슬, 책 등을 원했다. 개를 달라는 아이도 있었고, 호두 한 자루를 원하는 아이도 있었다. 여자아이들은 바라던 대로 새 옷이나 인형, 모자, 장갑 등을 손에 들고 함박웃음을 지으며 돌아갔다. 할머니를 돌보지 않고 또래와 휩쓸려 장 구경을 나선

열 살짜리 소년은 검은색 망아지를 달라고 소원했다. 이내 까만 망아지 한 마리가 소년의 옷깃을 잡아끌며 다정하게 머리를 비벼 댔다.

홀로 사는 나이 많은 남자도 군중 속에서 이 믿어지지 않는 광경을 넋을 잃고 바라보았다. 자기 차례가 되자 그는 떨리는 몸을 지팡이에 의지하며 앞으로 나섰다. 너무나 흥분해서 도무지 입이 떨어지지가 않는 모양이었다. 그는 더듬더듬 말했다.

"제 소원은, 그러니까 제가 원하는 건 지갑 가득……."

방랑자는 갑자기 그를 뚫어져라 보더니 주머니에서 가죽 지갑을 꺼내 내밀며 말했다.

"혹시 이걸 잃어버리지 않았습니까? 안에 반 탈러가 들어 있던데요."

"예, 맞습니다. 제 지갑이에요!"

남자는 자신의 지갑을 보자 기뻐서 소리를 질렀다.

"이걸 돌려받고 싶으십니까?"

"예, 어서 주세요."

남자는 엉겁결에 소원을 말할 수 있는 한 번의 기회를 써 버렸다. 물론 반 탈러가 든 낡은 지갑을 되찾긴 했지만 그것은 자신이 빌고 싶었던 소원이 아니었다. 뒤늦게 그 사실을 안 남자는 화가 치밀어 방랑자에게 지팡이를 휘둘렀다. 다행히 방랑자는 다치지 않았으나 애꿎은 거울을 한 개 깨뜨리고 말았다. 거울 장수가 달려들어 거울 값을 물어내라고 소리 지르자 남자는 하는 수 없이 지갑을 털어 돈을 주었다.

뒤에서 차례를 기다리던 뚱뚱한 사람이 얼른 앞으로 나섰다. 그는 혹여나 방랑자가 잘못되어 소원을 말하지 못하게 될까 봐 조바심이 났다. 그리고 미리 준비해 둔 대로 집 지붕을 새로 멋지게 고치고 싶다고 말했다. 그가 말을 한 뒤 자기 집 쪽을 돌아보자 말끔히 단장된 지붕에 깨끗한 굴뚝이 솟은 멋진 집이 하얗게 빛나고 있었다.

사람들이 놀라서 웅성거렸다. 그들은 저마다 속으로 어차피 소원 한 가지를 말할 거면 더 좋은 것, 더 엄청난 것을 빌어야지 하고 마음먹었다.

한 남자는 아무렇지도 않게 시장 한가운데 5층짜리 건물을 갖게 해 달라고 말했다. 몇 분 뒤에는 벌써 5층짜리 집 발코니에서 도시를 내려다보며 흐뭇한 미소를 짓고 있었다.

이제 아무도 장 따위는 거들떠보지 않았다. 거울 가게 앞에 구름처럼 몰려든 행렬이 그칠 줄을 몰랐다. 방랑자 앞에 선 사람들은 제각기 한 가지씩 소원을 말하고 그 소원을 이루었다. 그때마다 사람들은 환성을 지르고 부러운 눈빛을 보내며 자신이 너무 하찮은 소원을 빌지 않았나 아쉬워하기도 했다.

한 소년은 모자를 내밀며 그 안에 자두를 가득 채워 달라고 했다. 욕심 많은 어떤 이는 자기도 모자를 벗어 들더니 은돈으로 가득 채워 끙끙거리며 사라졌다. 한

장사꾼의 아내는 몸에 종양이 생겨 고생하고 있었는데, 종양을 떼어 달라고 부탁했다. 구경꾼들 사이에서 박수와 환호성이 일며 말끔히 나은 여자를 축하해 주었다.

그런데 그 자리에서 사람들은 미움과 분노가 얼마나 나쁜 결과를 가져오는지를 보게 되었다. 이 여자의 남편은 아내가 종양 따위를 떼어 달라는 일에 소원을 빈 것이 못마땅하여 말다툼을 벌였다. 그러더니 화를 못 참고 씩씩거리며 아내의 몸에서 사라진 종양이 다시 돌아오게 해 달라는 소원을 빌고 말았다. 그는 부자가 될 수 있는 기회를 한순간에 날려 버렸다.

그런 일이 있자 사람들이 몸이 아파 누워 있는 환자들을 업거나 들것에 누여 데리고 나왔다. 모두들 씻은 듯이 병이 나았다. 앉은뱅이가 일어나 걸었으며, 장님이

눈을 뜨고 처음 보는 세상을 경이로운 눈으로 바라보았다. 사람들은 이 놀라운 광경을 직접 보게 된 것을 큰 영광으로 여기게 되었다. 소원을 이룬 젊은이들은 도시 골목골목을 뛰어다니며 기적이 일어났다고 소리치고 다녔다.

부잣집에서 요리사로 일하는 한 늙은 부인이 이 소리를 들었다. 그녀는 화덕 위에 거위를 굽고 있다가 그대로 뛰쳐나왔다. 평생 주인을 위해 정성껏 요리를 해 온 늙은 부인은 이제 자신도 부자가 되어 살고 싶었다. 그녀는 사람들을 밀치고 나아갔다. 그런데 자꾸만 화덕에 올려놓은 거위가 눈앞을 가로막았다. 타지 않게 뒤집어 주어야 하는데, 저녁 식탁에 새까맣게 탄 거위 요리를 내놓을 수는 없었다. 그래서 자기 차례가 되었을 때 그녀는 제발 거위 요리를 망치지 않게 해 달라는 소원을 빌고 말았다.

팔둠 시 외곽에 사는 이들까지 이 소문을 듣고 찾아왔다. 젖먹이 어린애를 안은 채 헐레벌떡 뛰어온 젊은 여인도 있었고, 앓아누워 있다가 잠옷 차림으로 먼 길을 달려온 이도 있었다. 한 할머니는 잃어버린 손자를 찾으려고 힘든 걸음을 했다. 그녀가 눈물에 젖은 얼굴로 소원을 말했을 때, 어디선가 검은 망아지를 탄 소년이 나타나 웃으며 할머니의 품에 안겼다.

이 경이로운 기적에 흥분하여 도시 전체가 들썩였다. 사랑이 이루어지기를 소원한 연인들은 다정하게 팔짱을 끼고 걸었고, 덮개가 있는 마차를 갖는 게 소원이었던 한 가족은 누더기 옷에 어울리지 않게 훌륭한 마차 안에 앉아 집으로 돌아갔다.

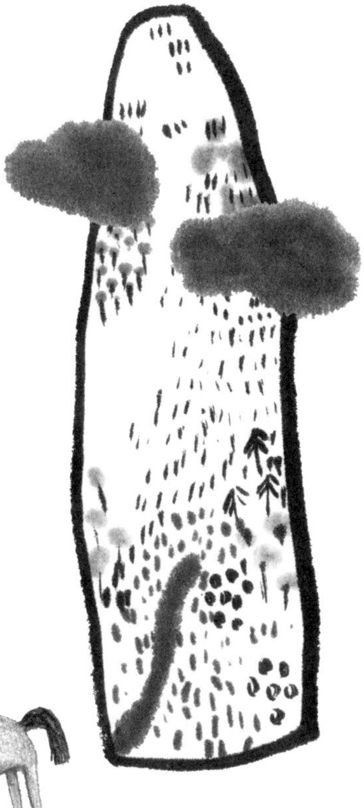

더러 신중하지 못하고 엉뚱한 소원을 말해 놓고 가슴을 치며 후회하는 사람들도 있었다. 그들은 허탈한 마음에 곧장 집으로 돌아가지 못하고 장터를 서성거렸다. 한 익살꾼이 소원한 대로 장터의 낡은 분수대에서는 고급 포도주가 흘러넘치고 있었다. 이들은 포도주를

마시며 쓰린 마음을 달랬다.

팔둠 시에는 이제 소원을 말하지 못한 사람이 단둘밖에 남지 않았다. 이들은 도시에 기적이 일어난 줄도 모르고 있었다. 허름한 다락방에 사는 이 두 젊은이는 바깥에서 벌어지는 일들에 도통 관심이 없었다. 한 사람은 쉴 새 없이 바이올린을 켜 댔고, 또 한 사람은 친구가 연주하는 바이올린 연주에 완전히 도취되어 있었다.

해가 질 무렵이면 손바닥만 한 유리창으로 붉은 노을 한 자락이 비쳐 들어 빗물에 얼룩진 벽지와 허름한 가구들을 비추었다. 그러면 세상에서 가장 귀한 보석으로 가득 찬 것처럼 두 사람이 사는 방 안에는 바이올린의 애틋하고 가슴을 울리는 선율이 울려 퍼졌다. 바이올린 연주자는 눈을 지그시 감은 채 바이올린 연주에 몰입했고, 그의 음악을 사랑하는 친구는 꼼짝 않고 앉아 지칠 줄 모르고 이어지는 소리에 귀를 기울였다.

그때 골목에서 요란한 발소리가 들려왔다. 이어 현

관문이 벌컥 열리고 급히 계단을 오르는 소리가 나더니 누군가 다락방 문을 노크도 없이 벌컥 열어젖혔다. 집주인이었다. 그는 얼굴 가득 미소를 지으며 다짜고짜 방 안으로 들어섰다. 갑작스런 소동에 바이올린 소리가 뚝 그쳤다. 음악 감상에 빠져 있던 젊은이는 방해를 받은 것이 못마땅한 듯 벌떡 일어섰다. 두 청년은 집주인을 비난의 눈초리로 쳐다보았다. 그러나 집주인은 아랑곳하지 않고 흥분한 목소리로 팔을 휘두르며 소리쳤다.

"이 친구들아. 지금 밖에서 무슨 일이 벌어진 줄도 모르지? 이렇게 바이올린이나 켜고 있을 때가 아니야. 당장 광장으로 가 보게. 거기에 가면 누구에게든 한 가지 소원을 들어주는 남자가 있다네. 언제까지 이런 좁아터진 다락방에서 집세도 못 내며 눈치 보고 살 작정인가? 어서 가 봐. 나도 오늘 소

원을 이루어 부자가 되었다네."

바이올린을 켜던 젊은이는 무슨 말인지 알아들을 수가 없었다. 하지만 집주인이 등을 떠밀며 하도 재촉을 하는 바람에 모자를 집어 들고 방을 나섰다. 그의 친구도 그제야 허둥지둥 뒤따라 나왔다.

골목을 빠져나오기도 전에 두 젊은이는 온 도시가 달라졌다는 것을 알아챘다. 낡고 허름한 집들은 자취를 감추고 곳곳에 화려하고 높은 새 건물들이 들어서 있었다. 산뜻한 거리는 전혀 낯선 곳에 와 있는 것 같은 느낌을 주었다. 차림새는 영락없이 거지로 보이는 이가 네 필의 말이 끄는 마차를 타고 큰길을 가로질러 가는 모습도 보였다. 새로 들어선 5층짜리 집 발코니에서 자랑스럽게 거리를 내려다보는 이도 있었다. 피곤한 몰골로 항상 작은 개를 데리고 다니던 남자가 끙끙대며 무거운 자루를 끌고 지나갔다. 그가 지나간 자리에는 자루에 난 구멍에서 빠져나온 금화 몇 닢이 반짝거렸다.

두 젊은이는 걸음을 빨리했다. 믿기 어려운 일이 벌

어지고 있는 게 틀림없었다. 장터의 거울 가게 앞에 도착하니, 낯선 남자가 서 있다가 그들에게 말을 걸었다.

"막 떠나려던 참인데 잘 왔소. 어서 소원을 말해 보시오. 무엇이든 들어줄 테니 거리낌 없이 얘기하시오."

그러자 바이올린 연주자는 괴로운 표정으로 고개를 흔들었다.

"난 부자가 되고 싶은 생각도 없고 그냥 이렇게 사는 게 좋아요. 아무것도 필요 없다고요!"

방랑자는 의외라는 듯 큰 소리로 말했다.

"필요한 게 없다니! 잘 생각해 봐요. 무엇이든 바라는 게 있을 것 아니오?"

바이올린 연주자는 눈을 감고 생각하더니 이내 입을 열었다.

"바이올린이 있으면 좋겠어요. 그 어떤 것에도 방해받지 않고 가장 훌륭한 음악을 연주할

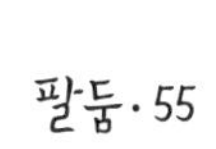

수 있는 바이올린이요."

드디어 그의 소원도 이루어졌다. 그는 바라던 대로 멋지고 아름다운 바이올린과 활을 손에 들고 있었다. 그가 바이올린을 켜자 마치 천상의 소리처럼 감미롭고 웅장한 음악이 울려 퍼졌다. 지나가던 사람들이 걸음을 멈추고 바이올린 소리에 홀린 듯 귀를 기울였다. 젊은이의 손놀림이 빨라질수록 더욱 정열적이고 활기찬 음악이 흘러나왔다. 한순간 바이올린을 연주하던 젊은이는 알 수 없는 뭔가에 끌려 대기 속으로 사라져 버렸다. 그의 모습이 보이지 않는데도 음악 소리는 멀리서 아득하게 계속 들려왔다.

방랑자는 다른 젊은이에게 말했다.

"당신도 소원을 말해 보시오."

그런데 젊은이는 갑자기 얼굴이 벌게져서 방랑자에게 소리를 질렀다.

"당신이 지금 무슨 짓을 했는지 알아? 바이올린 연주자를 어디로 데려간 거야? 나는 그동안 세상의 아름다움을 보고 들으며 그 영원함에 대해 생각하며 살아왔소. 내 소원을 말하라고? 이 팔둠을 뒤덮을 만큼 우람한, 꼭대기가 하늘에 닿을 만큼 높은 산이 되고 싶소."

그 말이 떨어지기가 무섭게 땅이 흔들리기 시작했다. 거울들이 순식간에 산산조각 났고 여기저기서 건물의 유리창이 깨지는 소리가 요란하게 울렸다. 잠에서 깬 고양이가 등을 동그랗게 구부리며 몸을 들어 올리듯, 장터의 땅이 흔들리며 서서히 솟아올랐다. 사람들이 놀라서 집 밖으로 뛰쳐나와 비명을 지르며 들판을 향해 뛰었다.

도시는 순식간에 혼란에 빠져 아수라장이 되었다. 장터에 남은 사람들은 거대한 산 하나가 구름을 뚫고 솟아오르는 광경을 보았다. 계곡에서는 폭포가 흐르고, 골을 타고 작은 내를 이루며 흘러갔다. 이윽고 팔둠 시내는 온통 거대한

산으로 바뀌었다. 도시의 집들은 산자락으로 밀려나 자리를 잡았고 멀리 바다가 보였다. 그런데 이상하게 피해를 입은 사람은 아무도 없었다.

거울 가게 앞에서 이 모든 소동을 지켜보던 한 노인이 옆 사람에게 이렇게 말했다.

"세상이 완전히 돌아 버렸어. 살 날이 얼마 남지 않은 게 천만다행이지. 그런데 그 바이올린을 켜던 젊은이가 없어져서 섭섭하군. 정말 멋진 연주였는데 말이야."

"정말 그래요. 그런데 그 낯선 방랑자는 어디로 가 버린 걸까요?"

그제야 사람들은 그가 없어진 것을 알았다. 방금까지도 그 자리에 서 있었는데 어디로 갔는지 찾을 수가 없었다. 사람들이 새로 생긴 산을 올려다보았을 때, 방랑자가 빛바랜 외투를 나부끼며 산 위로 올라가는 모습이 보였다. 그는 잠시 저녁노을을 등지고 서서 산 아래를 내려다보더니 산모퉁이 뒤로 모습을 감추었다.

산

세월을 이길 자는 아무도 없다. 새로운 것도 덧없이 낡고, 모든 영화는 한순간에 사라진다. 한때 온 도시를 들썩이게 하던 장은 오래전에 없어졌다. 부자가 되기를 소원하고 꿈을 이루었던 이들은 다시 가난해졌다. 물결치듯 치렁치렁한 금발을 바랐던 처녀는 결혼하여 아이들을 낳았고, 그녀의 아이들도 해마다 늦여름이면 시내로 큰 장을 구경하러 나서곤 했다.

멋진 무용수를 꿈꿨던 처녀는 목수의 아내가 되어 시내에 살고 있었다. 그녀의 춤 솜씨는 나이가 들어도 빛이 바래지 않았다. 그녀의 남편은 돈을 많이 벌고 싶어 했으나 두 사람은 부족한 대로 평생을 오붓하게 살 수 있을 듯 보였다.

희고 아름다운 손을

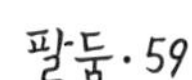

갖게 된 처녀는 이따금 그 낯선 방랑자를 떠올렸다. 그녀는 결혼도 하지 않고 혼자 살았다. 부자는 아니었지만 그녀에게는 누구보다 아름다운 손을 가졌다는 게 큰 위로가 되었다. 거친 밭일 따위는 더 이상 하지 않았으며 다른 집의 아이들을 돌보며 먹고살았다.

그녀는 아이들에게 재미난 이야기를 들려주었다. 아이들은 그녀에게서 시내의 장터에서 일어난 놀라운 이야기를 들었다. 가난한 사람들이 부자가 되고, 모두가 제각기 원하는 소원 한 가지씩을 이루었으며, 팔둠 시가 거대한 산이 된 이야기는 아이들에게 하나의 신화처럼 들렸다. 그녀는 이야기를 하면서도 자신의 희고 가녀린 손을 들여다보며 흐뭇한 미소를 짓곤 했다. 그 모습이 너무나 사랑스러워 사람들은 그녀야말로 세상에서 가장 값진 소원을 이루었다고 생각했다. 비록 가난하고 혼자 살면서 아이들에게 옛날이야기나 들려주며 사는 처지였지만 은근히 그런 그녀를 부러워하는 사람들이 많았다.

세월이 흘러 그 당시 나이가 많던 노인들은 이미 세상을 떠나고 없었다. 젊었던 사람들도 이젠 머리가 허옇게 세고 얼굴에는 깊은 주름이 생겼다. 변하지 않은 건 산뿐이었다. 그때 모습 그대로 산은 의연하게 도시를 내려다보고 있었다. 때로 산은 구름 사이로 하얗게 눈 덮인 꼭대기를 드러내며 인간과는 다른 존재라는 것을 과시하듯 미소를 지었다. 도시의 집들 위로 때로는 거대한 산그늘을 드리우기도 했다.

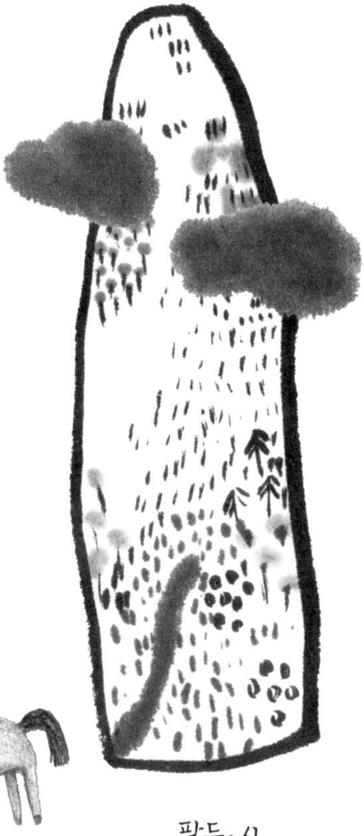

깊은 산 속의 계곡에서부터 흘러내린 물이 강을 이루며 도시를 가로질러 유유히 흘렀다. 강가에 자라는 풀들은 계절이 흐름에 따라 푸르러졌다가 시들기를 되풀이했다.

산은 아버지의 가슴처럼 넉넉하게 모든 것을 품어 주었다. 숲이 우거지고 그 속에서 새들과 벌레들, 짐승들이 보금자리를 일구었다. 산을 타고 내려온 바람 덕분에

초원의 풀이 무성해지고 논밭의 곡식들이 열매를 맺었다. 산속 깊은 샘에서는 맑은 샘물이 퐁퐁 솟구쳤다. 개울가의 바위들은 비바람에 씻겨 작은 돌멩이가 되었다. 물고기들은 이끼 낀 돌들 사이로 헤엄치며 물망초 그늘 속에서 숨바꼭질을 했다.

깊은 산속에는 커다란 동굴도 있었다. 천장에서 떨어지는 물방울이 동굴 안에 울려 퍼지며 맑고 아름다운 음악을 연주했다. 동굴 안쪽으로 깊숙이 들어가면 신비한 빛을 내뿜는 수정이 자라고 있었다.

산꼭대기까지 올라가 본 사람은 아무도 없었다. 그곳에는 호수가 하나 있었는데, 호수는 사람의 발길이 닿지 않은 태곳적 순수를 간직하고 있다고 했다. 하늘을 찌를 듯이 솟아 있는 산꼭대기는 독수리조차 감히 날아오를 엄두를 내지 못했다. 거울처럼 맑은 호수는 오로지 태양과 구름과 달, 별들과만 이야기를 나누었다.

팔둠 사람들은 산자락에 있는 시가지에서 행복하게 살았다. 아이가 태어나면 축복과 세례를 주었고, 일을 하여 가족들을 돌보았으며, 먼저 떠난 이들을 애도하며 자신들도 죽음을 준비했다. 사람들은 산에 대한 지식과 꿈들을 글로 남겨 후세에 전했다. 양치기와 사냥꾼, 약초를 캐는 이들, 벌을 키우거나 치즈를 만드는 사람들, 그리고 여행자들은 각자 그들이 찾아낸 산의 아름다움과 신비를 들려주었다.

시인들은 이것을 시에 담아 더욱 풍성하게 해 주었다. 그들은 깊은 동굴과 깎아지른 듯한 벼랑 위에 핀 희귀한 꽃들의 노래를 알고 있었으며, 사시사철 녹지 않는 얼음덩어리가 있는 곳도 알았다. 수시로 변하는 산의 기후라든가 눈사태로 무너져 내린 위험한 지역이 어디 있는지도 훤히 꿰고 있었다. 또한 강이 흐르고, 숲이 우거지는 것도,

서늘한 대기와 뜨거운 바람이 생기는 것도 모두 산으로부터 시작되었다는 사실도 알고 있었다.

지난 일을 아는 사람은 이제 아무도 없었다. 하지만 팔둠의 모든 사람이 소원 한 가지씩을 이룰 수 있었던 이야기는 전설로 남았다. 그러나 바로 그날 산이 생겨났다는 사실을 믿으려는 자는 없었다. 산은 세상이 처음 생겼을 때부터 그 자리에 있었고, 영원히 그곳에 서 있을 것이라고 믿었다. 산은 모든 이의 고향이자 바로 팔둠이었다. 사람들은 바이올린 연주자처럼 자신도 아름다운 곡을 연주하며 세상에서 사라질 수 있기를 바랐다.

산은 변함없는 모습으로 사람들 속에 있었다. 아침이면 먼 바다에서 붉은 태양이 고개를 내밀고 서쪽 산봉우리를 넘어 사라지는 것을 보았다. 밤마다 별들이 같은 자리에서 외롭게 반짝이는 모습도 지켜보았다. 겨울이 오면 산은 눈과 얼음으로 몸을 감싸고 봄이 오면 눈사태를 일으켜 모습을 가다듬었다. 여름에는 눈이 녹지 않은 바위틈에서 아름다운 꽃을 피워 싱싱한 기쁨을 노래하고, 큰 비가 내리면 콸콸 소리를 내며 힘찬 물줄기를 흘려 보냈다.

두껍게 얼어붙은 산꼭대기의 호수도 한여름이 되면 잠시 맑은 눈을 열고 온 가슴으로 해와 별을 기쁘게 맞아들였다. 가을이 되어 호수의 물빛이 더욱 맑고 푸르러질 즈음에는 깊은 골짜기의 폭포 소리도 천둥 치듯 거친 기상을 뽐냈다. 동굴의 벽은 축축한 물기에 번들거리며 빛났고, 물방울 소리가 끊임없이 울렸다. 천년의 꿈을 간직한 수정들도 더욱 영롱한 빛을 발하며 충실하게 여물어 갔다.

산자락에 있는 도시 근처에 야트막한 골짜기가 하나 있었다. 산에서 흘러내린 물이 개울을 이루며 흘렀고 개울 양쪽으로는 오리나무와 버드나무가 우거져 있었다. 젊은 연인은 호젓한 개울을 찾아

철따라 변하는 자연의 아름다움 속에 젖곤 했다. 또 다른 골짜기에서는 이따금씩 젊은이들이 무술 훈련을 하는 소리가 들려오기도 했다. 해마다 하지가 되면 사람들은 산 중턱의 바위 위에서 거대한 불꽃을 피워 올렸다.

또다시 계절이 수차례 바뀌었다. 산은 연인들을 위해 쉼터를 마련해 주고 훈련장을 보호해 주었다. 나무꾼과 사냥꾼, 치즈 만드는 이들과 약초꾼에게는 산이 곧 일터였다. 사람들은 단단한 바위를 실어다 깨뜨려서 집을 짓는 데 썼고, 깊은 동굴 속의 쇠붙이를 캐내어 여러 가지 물건을 만들었다. 산은 하짓날 처음으로 산중턱의 바위에 피어오르는 불을 보고도 모른 체해 주었고, 그렇게 수백, 수천 번의 불꽃이 피어올랐다 스러졌다.

도시 외곽에 가난한 이들이 모여 살기 시작하면서 거대한 촌락이 생겨났다. 사냥꾼들은 이제 활 대신 총을 들고 다녔다. 산은 이 모든 것을 지켜보며 세월의 무게를 묵묵히 버티고 서 있었다. 산에게는 1년이 마치 한 시간 같았고, 한 세기가 한 계절처럼 흘러갔다.

한참 세월이 흐른 뒤 언제부턴가 산 중턱 바위에서는 하짓날이 되어도 더 이상 불꽃이 피어 오르지 않았다. 젊은이들이 훈련을 받던 골짜기는 황폐해지고, 말이 달리던 경주로에도 잡풀이 사람 키 높이까지 무성하게 자랐다. 그러나 산은 무관심했다. 큰비에 산사태가 일어나 산의 모습도 많이 바뀌었다. 그때 산에서 바윗덩이들이 굴러 떨어져 팔둠 시 곳곳이 파괴되는 일이 일어났는데도 산은 모른 척하였다. 산은 언제부턴가 아래에서 벌어지는 일 따위엔 관심을 두지 않았다. 엉망으로 파괴된 도시에서 사람들이 한숨과 고통 속에 살아가는 것도 알지 못했다.

산은 모든 것을 그대로 내버려 둔 채 그저 묵묵히 늙어 가고 있었다. 태양이 떠올라 자신의 어깨 너머로 지는 모습을 보아도

예전처럼 가슴이 설레지 않았다. 얼음에 뒤덮인 허리를 창백하게 비추는 별빛도 이제 더 이상 위안이 되어 주지 못했다. 바다도, 별도 이제는 어떤 의미를 지니지 않았다. 그저 산 자신의 내부에서 일어나는 일만이 중요했다.

동굴 깊숙한 곳에서는 또 다른 힘이 작용하고 있었다. 오랜 비바람에 바위들이 부서져 자갈이 되었으며, 계곡에 넘치던 폭포 줄기도 차츰 약해졌다. 어느 순간 빙하가 사라지면서 호수가 생겨났다. 황폐해진 숲은 이제 자갈밭이 되었고 초원은 검은 늪으로 변했다.

빙하에 깎인 암석과 돌 더미가 검은 띠를 이루며 날카롭게 산의 가슴을 파고들었다. 땅들은 갈수록 메마르고 푸석푸석해져 황량한 불모지로 변했다. 산은 점점 움츠러들었다. 태양과 별들이 낯설게 느껴졌다. 이제 남아 있는 것이라곤 오로지 바람과 눈, 물과 얼음뿐이었다. 그것 또한 서서히 시들어 사라져 버릴 것들이었다.

그래도 산은 부지런히 골짜기의 물을 아래로 흘려보냈고, 때론 깊은 잠에서 깨어나 기지개를 켜듯 눈사태를 일으켰으며, 산모롱이 곳곳에 피어나는 들꽃들이 햇볕을 흠뻑 쬘 수 있게 어깨를 비켜 주기도 했다.

어느 날부터 산은 사람들에 대한 기억들이 떠올렸다. 비록 자기와 같은 존재는 아닐지라도 산은 사람들에게 관심을 갖기 시작했고, 지난 일을 생각하며 쓸쓸한 기분에 젖곤 했다. 산자락의 도시는 오래전에 자취를 감추었다. 골짜기를 찾는 젊은이들의 노랫소리가 끊어진 지 오래고 산허리를 맴돌던 양치기, 사냥꾼, 약초꾼의 그림자도 더 이상 없었다. 사람들이 사라진 땅은 적막했다. 나무며 돌들, 개울물도 생기를 잃고, 대기는 무겁고 칙칙한 기운에 감싸여 있었다.

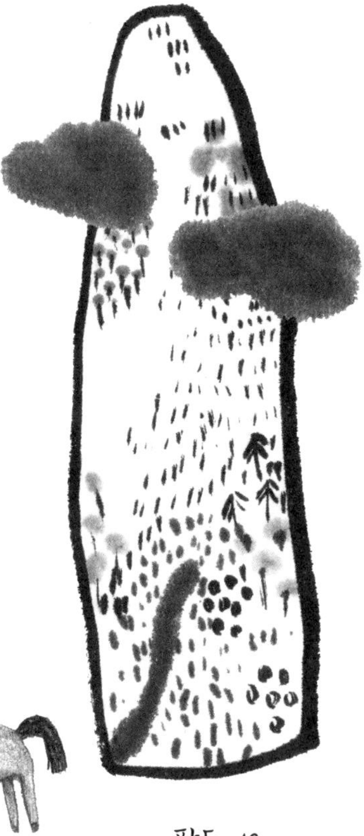

산은 그 끔찍한 모습에 부르르 몸을 떨었다. 그러자

늙고 힘없는 산봉우리가 힘없이 기울며 무너졌다. 무거운 바윗덩어리들이 이미 자갈에 덮인 골짜기를 지나 바닷속으로 굴러떨어졌다.

산은 왜 이제 와서 사람을 기억하고 새삼 사람에게 관심을 갖게 되었을까? 그 옛날 푸르고 맑은 햇살이 쏟아지던 골짜기에서 연인들이 사랑을 속삭이던 모습은 말할 수 없이 아름다웠다. 그들의 달콤한 노랫소리는 산을 환한 기쁨에 가득 차게 만들었다.

어느 사이에 수백 년이 흘러 있었다. 늙고 지친 산은 비로소 옛 추억을 하나하나 떠올렸다. 깊은 계곡의 바위를 타고 떨어지던 폭포의 힘찬 울림이 산의 마음을 아프게 뒤흔들었다. 사람을 생각하면서부터 아름다웠던 지난 추억들을 떠올리는 일이 몹시 고통스러웠다.

산 자신도 한때는 사람이었거나 그와 비슷한 존재였을지도 몰랐다. 젊은 시절의 덧없는 욕망이 문득 가슴을 때리는 것처럼, 한동안 잊고 있었던 감동과 사랑,

그 암울하고 아련한 꿈이 산을 무겁게 짓눌렀다.

무심한 세월은 자꾸만 흘러갔다. 산은 더 이상 생명을 품지 못했다. 꽃 한 송이, 나무 한 그루 자라지 못하는 산은 이미 죽어가고 있었다. 그저 돌무덤처럼 조용히 엎드려 오래된 기억의 꿈을 좇고 있을 뿐이었다.

사라진 꿈의 조각을 이어 붙여 다시 한 번 젊음이 용솟음치는 그 시절을 느껴 보고 싶었다. 산은 오랜 기억을 더듬으며 그 흔적들을 찾아내려고 애를 썼다. 아주 조그만 기억의 끈이라도 붙잡을 수 있다면 자신의 심장에 그때처럼 뜨거운 피가 흐를 것만 같았다.

왜 그 시절에는 아무런 유대감이나 사랑이 타오르지 않았을까? 왜 스스로 고독하고 위대한 존재라는 생각에 철저히 마음의 문을 닫고 들어앉았던 것일까? 따지고 보면 대자연 앞에서 산 자신도

똑같은 존재가 아닌가. 태초에는 그도 어머니의 따뜻한 품 안에서 자장가를 들으며 잠들던 때가 있었을 것이다.

산은 끝없는 생각에 잠을 이루지 못했다. 꼭대기의 푸른 호수는 이미 칙칙한 늪과 습지로 변해 버렸고, 자갈 사이로 죽은 나무뿌리가 썩어 가고 있었다.

그때 아득히 먼 곳에서 들리는 소리가 그의 마음을 끌었다. 그것은 인간의 노래였다. 산은 고통스러운 쾌감에 진저리를 쳤다. 노랫소리는 점점 또렷해졌다. 그리고 한 젊은이가 찬란한 햇빛 속에서 하늘로 떠오르는 것을 보았다.

이윽고 파묻혀 있던 기억들이 생명을 얻어 살아나듯 하나둘 깨어났다. 검은 눈망울을 가진 젊은이가 다가왔다. 그리고 미소를 지으며 이렇게 물었다.

"소원이 있으면 얘기해 봐. 무엇이든 들어주지."

산이 가슴에 품고 있던 단 하나의 소원을 말하자 비로소 이루어졌다. 까마득히 잊힌 일을 기억해 내야 하는 고통에서 벗어난 것이다. 그리고 비로소 편안한 죽음의 길로 떠날 수 있었다.

산은 허물어져 이제 평평한 들판이 되었다. 한때 팔둠 시가 있던 자리는 바다의 깊은 침묵 속으로 가라앉았다. 끝없는 푸른 바다는 모든 걸 삼킨 채 파도 소리를 내며 뒤척였다. 그 위로 태양이 떴다 사라지고 별들이 반짝였다.(1915년)

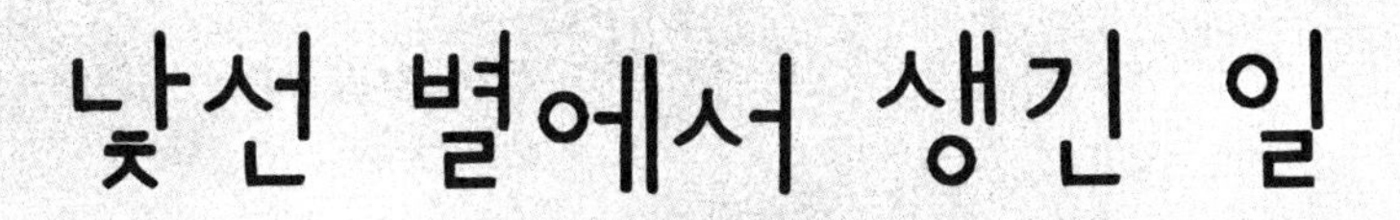
낯선 별에서 생긴 일

남국의 한 작은 나라에 불행한 일이 일어났다. 지진과 함께 무서운 해일이 몰려와 마을을 휩쓸어 버린 것이다. 마을 셋이 흔적도 없이 사라졌고, 푸르고 아름다웠던 정원이며, 들판의 곡식들과 거대한 숲이 순식간에 더러운 흙더미에 뒤덮였다. 수많은 사람이 목숨을 잃었고, 동물들도 무참히 죽었다. 무엇보다도 슬픈 일은 관과 묘지에 바칠 꽃이 없어 죽은 이들의 장례식을 치르지 못하고 있다는 것이었다.

그 밖에 필요한 물품은 다른 지역에서 도움을 주어 어떻게든 해결되었다. 온 마을이 끔찍한 기억을 딛고 복구 작업에 나설 무렵, 이웃 도시에서 사랑의 목소리를 전하는 사절들이 다녀갔다. 도시의 높은 탑 여기저기서 가슴을 울리는 시낭송 소리가 울려 퍼졌다. 오랜 옛날부터 연민의 여신에게 바치는 노래로 알려진 이 시에 감동하지 않는 이는 아무도 없었다. 이어 모든 도시와 시민 단체에서 이들의 아픔을 함께 나누기 위해 따뜻한 손길을 내밀었다.

집을 잃고 갈 데가 없는 사람에게는 친척과 친구들이 호의를 베풀었고, 심지어 낯선 사람들도 기꺼이 이들을 위해 살 곳을 제공했다. 사방에서 음식과 옷, 마차와 말, 건축에 필요한 연장, 돌과 나무 등 많은 물건을 지원해 주었다. 자선단체에서는 노인과 여자, 아이들을 편안한 쉼터로 데려가 돌보아 주었으며, 부상자들을 치료하고 구호 약품을 모아서 전달했다. 폐허가 되어 버린 현장을 뒤지며 시체를 찾아내는 작업도 쉬지 않고 계속되었다. 옆에서는 내려앉은 지붕을 들어내거나 금이 간 담장을 보수하며 복구 작업에 온 힘을 기울였다.

아직 재난에 대한 두려움

이 가시지는 않았다. 하지만 죽은 이들에 대한 애도와 경의가 잇따랐으며, 모든 이들이 한마음이 되어 기꺼이 도우려는 분위기가 감돌았다. 비록 작으나마 힘을 보태어 아름답고 의미 있는 일을 하고 있다는 믿음이 사람들의 마음에 싹트게 된 것이다.

처음에는 그저 조심스럽고 숙연한 침묵 속에서 일을 했지만 시간이 흐르자 여기저기서 쾌활하게 노랫가락을 흥얼거리는 소리가 들려왔다. 사람들은 주로 두 가지 노래를 즐겨 불렀다. 옛 격언이 담긴 두 곡의 노래는 지친 마음에 희망을 주었다.

'고난을 겪는 이에게 도움을 베푸는 이는 복되리니. 메마른 정원이 단비에 목을 축이고 꽃들을 피워 보답하듯 어찌 그 은혜를 마다하겠는가?'

'모두가 함께하는 일에 신은 즐거움을 안겨 주리니.'

그런데 다른 일은 그런대로 해결되었지만 꽃이 부족하다는 게 문제였다. 처음에 발견된 시신들의 장례식은 그나마

무너진 정원에서 간신히 건져 낸 꽃과 꽃가지들로 치를 수가 있었다. 그 뒤에는 이웃 마을의 꽃이란 꽃들은 죄다 끌어모아 죽은 이들을 애도하는 데 썼다.

사실 피해를 입은 이 세 마을에 아름다운 꽃들을 피우는 정원들이 가장 많았다. 해마다 많은 사람들이 이곳의 수선화와 샤프란을 보기 위해 몰려들곤 했다. 이곳 정원에는 집집마다 꽃을 가꾸어 마을 전체가 꽃으로 뒤덮여 있었을 뿐만 아니라 귀하고 아름다운 꽃들이 자라고 있었다. 그런 곳이 이처럼 폐허가 되어 버렸으니 참으로 불행하고 안타까운 일이었다. 게다가 이 마을에서는 사람이나 동물이 죽으면 그 계절에 피는 아름다운 꽃들로 무덤을 화려하게 장식하는 게 하나의 풍습이었다. 사람들은 갑작스럽고 애통한 죽음일수록 장례식을 더욱 성대하게 치르곤 했다. 그런데 죽은 이들이 꽃 한 송이 없는 장례

식을 치르게 된다는 것에 사람들은 당황하여 어찌할 바를 모르고 있었다.

이 지역에서 가장 나이가 많은 노인이 보다 못해 사람들 앞에 나섰다. 그가 마차에서 내리자마자 사람들이 온갖 질문과 하소연을 하며 마차 앞으로 몰려들었다. 그는 애써 침착한 태도로 그들의 목소리에 귀를 기울였다. 노인의 눈에는 상냥하고 온화한 빛이 감돌았으며 하얀 콧수염 아래 입술은 부드러운 미소를 띠고 있었다. 노인은 현자다운 풍모가 느껴지는 힘차고 낭랑한 목소리로 입을 열었다.

"친애하는 여러분, 우리는 뜻하지 않은 불행을 맞았습니다. 신은 이 불행으로 우리를 시험하고 있습니다. 우리는 파괴된 모든 것을 다시 일으켜 세워 우리 후손들에게 돌려줄 것입니다. 나는 비록 늙었지만 여러분이 어려움에 처한 형제를 돕기 위해 나서고, 가진 것을 나누어 주는 광경을 보게 해 주신 신께 감사드립니다. 그러나 우리에게는 또 하나의 숙제가 남아 있습니다. 세상을 떠난 이들의 마지막 여행길을 장식할 꽃을 구하는 일입니다. 우리가 살아 있는 한 이 고난의 순례자 누구라도 꽃 한 송이 없이 애통하게 땅에 묻히는 일이 있어서는 안 됩니다. 여러분도 저와 같은 생각을 갖고 계실 겁니다."

그러자 여기저기서 사람들이 외쳤다.

"맞습니다. 그런 일이 있어서는 안 되지요."

노인은 사람들을 둘러본 뒤 사랑이 넘치는 목소리로 말했다.

"지금부터 우리가 할 일을 말씀드리겠습니다. 오늘 안으로 매장할 수 없는 시체들은 아직 눈에 덮여 있는 산속의 여름 신전으로 옮깁시다. 그곳이라면 안전하고, 꽃이 마련될 때까지 시신이 썩는 일은 없을 것입니다. 지금 철에 우리가 많은 꽃들을 구할 수 있도록 도와줄 수 있는 이는 오직 한 분밖에 없습니다. 왕께서만 그 일을 하실 수 있습니다.

그러니 우리 중에서 한 사람을 뽑아 왕께 보내 도움을 청합시다."

모여 있던 사람들이 고개를 끄덕였다.

"맞아. 그게 좋겠어. 왕을 찾아가 부탁하면 들어주실 거야!"

노인은 잠자코 사람들이 떠드는 소리를 듣고 있었다. 이윽고 사람들은 하얀 수염 아래서 피어나는 노인의 밝은 미소를 바라보며 그의 다음 말을 기다렸다.

"자, 그렇다면 누굴 왕에게 보내는 게 좋겠소? 먼 길을 가야 하니 이왕이면 젊고 건강한 사람이 좋을 것입니다. 물론 우리가 가진 것 중에서 가장 좋은 말을 내주어야겠지요. 인상이 좋고 마음도 착하고, 무엇보다 눈빛이 강렬한 사람이면 더 바랄 것이 없을 겁니다. 그래야 왕이 쉽게 거절을 못할 테니까요. 말을 아끼면서도 눈으로 모든 것을 전할 수 있어야 합니다. 가장 좋은 것은 아이를 보내는 것입니다. 이 마을에서 가장 똑똑하고 착실한 아이가 가야 합니다. 하지만 아이가 먼 여행을 하기에는 무리겠지요. 그러니 여러분 모두가 도와주셔야 합니다. 누구 자원해서 사절로 나설 사람은 없습니까? 혹은 그런 일을 할 만한 사람을 아시면 추천해 주십시오."

말을 끝낸 노인은 조용히 사람들을 둘러보았다. 그런데 아무도 자기가 가겠다고 나서는 사람이 없었고, 누구를 추천하는 목소리도 없었다.

노인이 초조한 얼굴로 사람들에게 지원자가 있는지 다시 물었다. 그때 한 젊은이가 앞으로 나섰다. 나이는 열여섯 정도로 보였는데, 아직 소년 티가 났다.

사람들의 시선이 쏠리자 젊은이는 얼굴이 빨개져서 인사를 했다. 노인은 한눈에 사절로 가기에 아주 알맞은 사람이라는 걸 알아보았다. 그는 미소를 띠며 상냥한 목소리로 물었다.

"사절로 가겠다고 나선 건 장한 일이다. 그런데 어

떻게 자원할 생각을 했느냐?"

젊은이는 노인의 눈을 똑바로 바라보며 대답했다.

"아무도 갈 사람이 없다면 절 보내 주세요."

그때 군중 속에서 누군가가 큰 소리로 말했다.

"그를 보내세요. 우리는 그 애를 잘 알아요. 이 마을에서 태어났고, 이번 지진으로 화원을 몽땅 잃었지요. 우리 마을에서 가장 아름다운 화원이었습니다."

노인은 다시 다정한 목소리로 물었다.

"꽃을 잃은 것 때문에 마음이 아팠느냐?"

젊은이는 조그만 소리로 대답했다.

"가슴이 찢어지는 것 같았죠. 하지만 그것 때문에 자원한 것은 아니에요. 제가 가장 사랑하는 친구가 지진으로 죽었어요. 그리고 제가 아끼던 어린 말도 죽었고요. 둘 다 지금 우리 회당에 싸늘한 시체로 누워 있어요. 그들을 묻어 주려면 꽃이 있어야 하거든요."

노인은 젊은이의 머리에 손을 얹고

축복을 해 주었다. 곧 그가 탈 좋은 말이 준비되었다. 그는 거침없이 말 등에 뛰어올랐다. 말의 목덜미를 부드럽게 쓰다듬어 준 뒤 사람들에게 작별 인사를 한 젊은이는 말을 타고 순식간에 황량한 들판을 가로질러 마을을 빠져나갔다.

젊은이는 종일 쉬지 않고 말을 달렸다. 왕이 사는 수도까지는 너무 멀어 산을 타고 지름길로 가기로 했다. 해가 뉘엿뉘엿 질 무렵 그는 숲과 바위를 지나 가파른 산비탈 위로 말을 몰았다.

그때, 젊은이의 눈앞에 이상하게 생긴 검은 새 한 마리가 날아가는 게 보였다. 그는 자기도 모르게 새를 따라갔다. 새는 어느 작은 사원의 지붕에 내려앉았다. 젊은이는 말에서 내려 나무 기둥 사이를 지나 소박한 사원 안으로 들어갔다. 제단이라고 해야 검은색의 돌 하나가 놓여 있는 게 전부였는데, 아무리 봐도 흔한 돌은 아니었다. 돌 위에는

그가 처음 보는 신의 상징물이 놓여 있었다. 커다란 새가 심장을 파먹고 있는 형상은 보기만 해도 오싹 소름이 끼쳤다.

젊은이는 신에게 경의를 표하고, 산모퉁이에서 꺾은 푸른 방울꽃 한 송이를 제물로 바쳤다. 그러고는 한쪽 구석으로 가 자리를 잡고 누웠다. 피곤하기도 했고 내일 또 먼 길을 가려면 잠을 자 두어야 했기 때문이다.

그런데 이상하게 잠이 오지 않았다. 갑작스럽게 왕의 사절로 길을 떠나게 된 일이며, 이런저런 생각들이 끊임없이 머릿속을 맴돌았다. 돌 제단 위에 놓인 방울꽃은 기이한 느낌을 주었다. 그것 말고도 사원 안의 뭔가가 무겁고 고통스러운 분위기를 자아내고 있었다. 섬뜩한 신의 상징물은 어둠 속에서 마치 유령처럼 빛났고, 지붕 위에 앉은 큰 새는 이따금 거대한 날개를 퍼덕이며 거칠고 황량한 바람 소리를 냈다.

젊은이는 잠을 이루지 못하다가 사원 밖으로 나왔다. 지붕을 올려다보니 새가 날개를 치며 그를 바라보았다.

새가 물었다.

"왜, 잠이 안 오니?"

"글쎄, 너무 고통스러운 일을 겪어서 그런가 봐."

"무슨 일을 겪었는데?"

"친구와 내가 아끼는 말이 죽었어."

"죽는 게 꼭 나쁜 걸까?"

새가 바웃듯이 물었다.

"그런 건 아니야. 하지만 헤어지는 거잖아. 다신 볼 수 없다는 것은 슬픈 일이지. 게다가 지금 난 꽃이 없어서 그들을 묻어 줄 수가 없거든 그래서 마음이 아파."

"세상에는 그보다 더 고통스러운 일도 많아."

새는 젊은이의 말에 기분이 상한 듯 날개를 거칠게 퍼덕였다.

"그렇지 않아. 그보다 더 나쁜 일은 없어. 죽어서 꽃도 없이 땅에 묻히면 누구든 자기가 원하는 대로 다시 태어날 수가 없대. 우리

고향에는 사랑하는 이를 땅에 묻으면서 꽃을 바쳐 죽음을 애도하지 않으면 꿈속에서 그 사람의 그림자를 보게 된다는 말도 있어. 내가 이렇게 잠을 못 이루는 것도 그런 게 아닐까? 내가 아는 이들이 아무도 자신들의 죽음을 슬퍼해 주지 않는다고 생각하고 있을 것 같아."

새의 크고 흰 부리에서 날카로운 쇳소리가 났다. 새는 흥분한 듯 말을 내뱉었다.

"얘야, 넌 세상을 너무 몰라. 고통이란 네가 생각하는 것보다 훨씬 크고 무서운 거야. 넌 소름 끼칠 만큼 무서운 악에 대해 들어 보지도 못했니? 증오나 살인, 질투 때문에 벌어지는 참혹한 이야기들 말이야."

젊은이는 갑자기 머릿속이 혼란스러웠다. 그는 정신을 가다듬으려고 애를 쓰며 말했다.

"나도 알아. 하지만 그건 옛날이야기나 동화에 나오는 거잖아. 아주 먼 옛날 이 세상에 꽃도 없고 온갖 탐욕스러운 신들이 세상을 지배할 때의 일이겠지. 요즘 세상에 실제로 그런 일이 어디 있니?”

그러자 새가 낮고 음울한 소리로 비웃었다. 새는 고개를 쑥 뽑더니 정색을 하고 젊은이에게 말했다.

“그래서 네가 지금 왕을 찾아가는 거니? 그렇다면 내가 길을 가르쳐 줘도 될까?”

젊은이는 그 말에 깜짝 놀라 소리쳤다.

“다 알고 있었구나. 제발 날 좀 도와줘. 나는 하루라도 빨리 왕을 만나야 하거든.”

새는 가볍게 땅으로 내려앉더니 날개를 펼쳤다.

“말은 그냥 여기 두고 가자. 내가 왕에게 데려다 줄게.”

젊은이가 잠자코 새의 등에 올라타자 새가 눈을 감으라고 명령했다. 그는 시키는 대로 했다. 새는 올빼미처럼 조용히 어두운 밤하늘로 날아올랐다. 차가운 밤공기가 목덜미를 스치자 젊

은이는 몸을 떨었다. 그들은 쉬지 않고 끝없이 펼쳐진 밤의 어둠을 뚫고 날았다. 아침 해가 뜰 무렵, 새의 날갯짓이 멈추고 주위가 조용해졌다.

"이제 눈을 떠!"

젊은이가 눈을 뜨자 새는 낯선 숲 한가운데 그를 내려놓았다. 나무 사이로 비쳐 드는 아침 햇살에 눈이 부셨다.

"이 숲에 오면 다시 나를 만날 수 있을 거야."

새는 그 말을 남기고 몸을 솟구치더니 이내 푸른 하늘 속으로 사라졌다.

젊은이는 무작정 앞을 바라보고 걸었다. 숲을 빠져나오자 넓은 들이 나타났다. 그런데 왠지 이상한 느낌이 들었다. 텅 빈 들판에는 사람의 그림자라곤 전혀 보이지 않았다. 마치 꿈을 꾸고 있는 기분이었다. 나무나 푸른 초원은 고향의 모습과 크게 다르지 않았다. 금빛 태양 아래 바람이 희롱하듯 꽃이 만발한 풀숲을 휘젓고 지나

가곤 했다. 그런데 어디에도 사람이나 동물, 집이나 정원은 보이지 않았다. 꼭 지진이 한바탕 온 마을을 휩쓸고 지나간 것 같았다. 고향에서와 같은 일이 여기에서도 일어난 것인가? 젊은이는 불안한 마음을 누르며 계속 앞으로 나아갔다.

여기저기에 무너진 건물들이 흉측한 모습을 드러내고 있었다. 나무가 뿌리째 뽑혀 나자빠져 있고, 담장이 허물어지고 사방에 흙 묻은 농기구들이 나뒹굴었다. 그는 들판 한가운데서 사람이 죽어 있는 것을 발견했다. 오래전에 죽은 듯 살이 썩어 고약한 냄새를 풍겼다.

땅에 묻히지도 못한 죽음은 정말 끔찍했다. 그는 그런 모습을 처음 보았기 때문에 가슴이 벌벌 떨리고 구역질이 났다. 하늘을 향해 반듯이 누워 있는 시체의 얼굴은 이미 누군지조차 알아보기 어려웠다. 새가 파먹고 들짐승의 먹이가 되어

반밖에 남아 있지 않은 얼굴을 차마 볼 수가 없었다. 젊은이는 손에 잡히는 대로 푸른 잎사귀와 들꽃 몇 송이를 꺾어 시체의 얼굴을 덮어 주었다.

온 땅에 숨이 막힐 듯한 썩은 냄새가 진동했다. 몇 발짝 안 가 풀밭에 또 다른 시체가 보였다. 까마귀 떼가 까맣게 달라붙어 처음엔 그것이 뭔지도 몰랐다. 이어 머리가 없는 말의 죽은 몸뚱이가 물웅덩이에 처박힌 모습과 사람과 짐승의 뼈가 사방에 널린 모습이 보였다. 눈부신 햇살이 들판의 참혹한 광경을 숨김없이 드러내 주었다. 도대체 이곳 사람들은 왜 죽은 이들을 묻어 줄 생각을 하지 않는 것일까? 젊은이는 너무 두려워서 앞으로 나아갈 수가 없었다.

상상하기조차 어려운 끔찍한 일이 벌어진 게 틀림없었다. 갈수록 시체들의 숫자가 늘어났다. 젊은이는 꽃을 꺾어 시체의 얼굴을 덮어 주는 일을 그만두었다. 그리고 눈앞의 광경을 보지 않으려고 거의 눈을 감다시피 하고 걸어갔다. 살 썩는 냄새와 피비린내가 그의 앞을 가로막았고, 폐허 곳곳의 참혹한 모습은 가슴을 후벼 파는 듯한 고통을 안겨 주었다.

젊은이는 자신이 악몽을 꾸고 있다고 생각했다. 그는 그 속에서 하늘의 경고를 들었다. 아직도 매장되지 못한 고향 마을 사람들이 떠올랐다. 문득 간밤에 사원의 지붕 위에서 새가 한 말이 들리는 듯했다.

'세상에는 그보다 더 나쁜 일도 많아.'

비로소 어떻게 된 일인지 깨달았다. 새는 그를 다른 별로 데려와 세상에 그런 일이 엄연히 존재한다는, 진실을 보여 준 것이다.

어릴 적 무서운 옛날이야기를 들을 때면 오싹 소름이 돋곤 했다. 그는 그때와 같은 섬뜩한 공포에 사로잡혔다. 하지만 이내 그런 것은 이미 오래전에 사라졌다는 생각이 떠오르자 마음이

놓였다. 여기서 벌어지는 모든 것들은 어릴 적 들었던 옛날이야기와 똑같았다. 폐허 속에 시체가 널려 있고, 그 썩어 가는 살덩이에 새들이 달려드는 이런 기이한 세계에는 인간의 머리로는 이해할 수 없는 무의미하고 무질서한 규율 같은 것이 지배할 것이라는 생각이 들었다. 그 규율에 의해 선과 아름다움 대신 악하고 어리석고 혐오스러운 것들이 생겨나는 것인지도 몰랐다.

그때 누군가 들판을 가로질러 가는 모습이 보였다. 멀리서 보니 농부나 밭일을 하는 일꾼 같았다. 젊은이는 그 남자를 쫓아가며 소리쳐 불렀다. 이윽고 그와 얼굴을 마주하게 되었을 때 젊은이는 하마터면 비명을 지를 뻔했다. 한편으로는 자기도 모르게 연민의 정이 솟구쳐 가슴이 터질 것 같았다.

농부의 모습은 말로 설명할 수가 없을 만큼 끔찍했다. 도저히 인간의 모습이라고 할 수가 없었다. 증오로 똘똘 뭉친 이기적인 눈빛은 이미 온갖 악행에 길들여진 것처럼 보였다. 밝고 선한 기운이라곤 도무지 찾아볼 수 없었으며, 인간에 대한 믿음이나 존중 따위는 아예 모르고 살아온 사람 같았다. 사람이라면 누구나 갖추어야 할 기본적인 미덕이 그에게는 없었다.

젊은이는 애써 아무렇지도 않은 듯 농부에게 다가갔다. 그리고 형제를 대하듯 다정한 인사를 건네고 미소를 지으며 말을 걸었다. 그는 움찔 놀라 의심 가득한 눈으로 젊은이를 쳐다보았다. 농부의 입에서 튀어나온 야만적인 소리는 흡사 동물의 울부짖음처럼 들렸다. 그러나 젊은이의 밝고 겸손한 태도와 신뢰가 담긴 눈빛을 보고는 차츰 경계심을 거두었다. 농부의 주름진 얼굴이 낯선 이를 보고 미소를 짓는 듯 일그러졌다. 비록 모습은 흉측할지라도 그 미소에서는 부드러움이 전해졌다. 지하 세계에 갇힌 영혼이 처음 세상 밖으로 나와 조심스럽고 수줍은 미소를 짓는 것처럼

보였다.

"나한테 원하는 게 뭐야?"

농부가 젊은이에게 물었다.

젊은이는 공손하게 대답했다.

"혹시 제가 도울 일이 있거든 말씀해 주십시오."

순간 농부의 얼굴에 당황스러운 빛이 떠올랐다. 이런 말을 듣게 되리라곤 상상도 하지 못한 표정이었다. 누군가 이토록 정중한 태도로 자신에게 말을 걸어 주는 일 따위는 한 번도 경험하지 못한 듯 보였다.

"어떻게 해서 이런 끔찍한 일이 벌어진 것입니까?"

농부는 젊은이가 무슨 말을 하는지 얼른 알아듣지 못했다.

젊은이가 들판을 가리키며 다시 물었다.

"왜 온 마을이 파괴되고, 사방에 시체가 널린 채 썩어 가고 있는지 말씀해 주세요."

농부의 얼굴이 다시 일그러지며 거칠게 쏘아붙였다.

"전쟁을 처음 보느냐? 전쟁 때문에

우린 모든 걸 잃었다. 가족들도 죽고, 논밭이 피에 물 들고, 살 집도 없어졌다. 바로 저기가 내 집이 있던 곳이다."

젊은이는 이 불쌍한 농부의 처지를 생각하니 가슴이 아팠다. 농부는 땅바닥에 주저앉아 넋 나간 표정으로 들판을 바라보았다.

"이 나라에는 왕이 없나요?"

"왕이야 있지."

"왕은 지금 어디에 있습니까?"

농부는 맞은편에 멀리 보이는 산자락을 가리켰다. 그곳에는 깃발이 펄럭이는 천막들이 줄지어 늘어서 있었다.

젊은이는 고향에서 하던 대로 남자의 이마에 손을 갖다 대어 작별 인사를 했다. 그리고 산 쪽을 향해 걸음을 옮겼다. 농부는 젊은

이의 손길이 닿은 이마를 어루만지며 무겁게 고개를 가로저었다. 그는 그렇게 바닥에 앉은 채로 젊은이의 뒷모습을 하염없이 바라보았다.

보기보다 산은 꽤 멀리 있었다. 폐허를 헤치고 들판의 시체들을 돌아 한참을 걸은 뒤에야 젊은이는 천막이 있는 곳에 도착했다. 천막 주위로 무장한 군인들이 왔다 갔다 바쁘게 뛰어다녔다. 그러나 그에게 관심을 기울이는 사람은 아무도 없었다. 이윽고 젊은이는 가장 크고 훌륭하게 꾸며진 천막을 발견했다. 왕이 머무는 곳이었다.

천막 안으로 들어가니 허름한 의자에 왕이 앉아 있었다. 시종 하나가 컴컴한 구석에서 몸을 둥글게 말고 잠들어 있었다. 깊은 생각에 잠긴 왕의 얼굴은 아름답지만 슬퍼 보였다. 볕에 그을린 얼굴은 초췌했고 이마 위로 희끗한 머리카락이 흐트러져 있었다. 왕의 망토는 탁자 위에 놓여 있고 칼은 바닥에서 아무렇게나 나뒹굴었다.

젊은이는 왕에게 정중하게 인사를 했다. 한참이 지나서야 왕이 그를 돌아보았다.

"넌 누구냐?"

왕이 검은 눈썹을 치켜올리며 위엄 있는 목소리로 물었다. 잠시 왕의 눈길이 젊은이의 순수하고 밝은 얼굴에 머물렀다. 왕은 그의 얼굴에서 온화하면서도 당당한 태도를 발견하고는 이내 목소리가 부드러워졌다.

"낯이 익구나. 우리가 만난 적이 있더냐? 그러고 보니 내가 아는 누군가와 닮은 것도 같구나."

"저는 이곳 사람이 아닙니다."

젊은이가 대답했다.

"그렇다면 내가 꿈속에서 본 모양이다. 너를 보니 내 어머니 생각이 나는구나. 그래, 무슨 일로 날 찾아왔는지 얘기해 보거라."

젊은이는 왕에게 여기까지 오게 된 사연을 이야기

했다.

"새 한 마리가 저를 이곳으로 데려다 주었습니다. 얼마 전 제가 사는 곳에 지진이 일어나 많은 사람이 죽었습니다. 죽은 이들을 묻어 주어야 하는데 꽃이 없어 장례식을 치르지 못하고 있습니다."

"꽃이 없다니, 대체 그게 무슨 말이냐?"

왕이 다그쳐 물었다.

"예. 장례를 치러야 하는데 무덤 위를 장식할 꽃이 없어 다들 애를 태우고 있습니다. 죽은 이들이 먼 여행길을 떠나는 데 외롭지 않게 하려면 꽃이 있어야 하거든요."

젊은이는 순간 이곳에서 보았던 광경을 떠올리고 얼른 입을 다물었다. 들판 곳곳에 수많은 시체들이 썩어가고 있는 걸 보고서도 이런 말을 하는 자신을 왕이 어떻게 받아들일까 걱정이 되었다. 왕은 말없이 고개를 끄덕이며 긴 한숨을 내쉬었다.

"사실 전 우리나라의 왕을 만나 뵙고 장례식에 쓸 꽃을 얻으려고 나선 길이

었답니다. 가는 길에 이상한 새를 만나 산속의 어느 사원에 들어가게 되었습니다. 그런데 새가 저를 왕께 데려다 주겠다고 하더니 이곳으로 데려왔습니다. 그 사원은 여느 사원과는 달랐습니다. 검은 새가 지붕에 앉아 지키고 있고, 돌 제단 위에는 기이한 형상을 한 신의 상징물이 놓여 있었습니다. 저는 한밤중에 새와 이야기를 나누었는데, 이제 그 새가 한 말을 이해할 수 있을 것 같습니다. 새는 이 세상에는 제가 알고 있는 것보다 훨씬 많은 고통이 있고 끔찍한 일이 벌어지고 있다고 했습니다. 저는 이곳에 오는 동안 들판에서 정말 몸서리쳐질 만큼 참혹한 광경을 보았습니다. 어렸을 적에 들었던 무서운 동화는 그에 비하면 아무것도 아니었지요. 그래서 이렇게 왕을 뵈러 온 것입니다. 제가 도움이 될 수 있다면 무슨 일이든 하고 싶습니다."

젊은이의 말에 귀를 기울

이던 왕은 미소를 지으려 했지만 그럴 수가 없었다. 슬픔으로 가득 찬 젊은이의 얼굴은 몹시 진지해 보였다. 그가 진심으로 이 불행을 마음 아파하고 함께 헤쳐 나가고 싶어 하는 걸 느낄 수 있었다.

왕이 대답했다.

"정말 고맙구나. 내 어머니를 기억나게 해 준 것만으로도 네게 감사한다."

젊은이는 미소를 잃은 왕의 얼굴을 보자 작게나마 위로가 되어 주고 싶었다.

"몹시 슬퍼 보이시는군요. 전쟁 때문인가요?"

"그렇다."

한 나라의 고귀한 왕이 몹시 상심하고 있다는 건 알지만 그는 호기심을 억누를 수가 없었다.

"이야기해 주세요. 어째서 전쟁이 일어난 겁니까? 누가 일을 이렇게 만들었나요? 물론 왕께도 책임이 있겠죠?"

왕은 젊은이를 물끄러미 쳐다보았다.

감히 왕에게 주제넘는 소리를 늘어놓는 걸 보고 왕은 기분이 상했다. 하지만 젊은이가 하는 말은 전혀 틀린 게 없었다. 이 참혹하고 고통스러운 상황을 제 일처럼 여기고 안타까워하는 젊은이 앞에서 왕은 부끄러운 생각이 들었다.

한참 뒤, 왕이 무겁게 입을 열었다.

"넌 아직 나이가 어려 이해하기 힘들 것이다. 전쟁은 어느 한쪽의 잘못이 아니다. 마치 여름날의 폭풍우나 번개와 같은 것이지. 그것에 맞서 싸워야 하는 우리는 모두가 희생자일 뿐이다."

젊은이는 알 듯 모를 듯한 표정을 지으며 물었다.

"그렇다고 사람들이 파리 목숨처럼 죽은 것이 옳은 일인가요? 저의 고향에서는 죽음을 꼭 두려운 것이라고만 생각지 않아요. 사람들은 죽음을 기꺼이 맞아들이며 다시 태어날 삶을 위해 외로운 여행길에 오른답니다. 그렇지만 이 별에

서처럼 아무도 다른 사람을 죽이지는 않아요."

왕이 고개를 끄덕이며 대답했다.

"물론 여기서는 사람을 죽이는 일이 드물다고는 할 수 없다. 하지만 그런 일은 심각한 범죄로 처벌을 받게 되지. 전쟁은 그와 전혀 다른 문제다. 전쟁에서는 사람을 죽이는 일이 허용되고 있다. 남이 가진 것을 탐내고 빼앗기 위해, 혹은 미워하고 질투하여 사람을 죽이는 것이 아니다. 상대를 죽이지 않으면 내가 죽기 때문이지. 그게 전쟁이야. 하지만 죽는 순간이 아무렇지 않다고 생각한다면 잘못 알고 있는 것이다. 죽은 사람의 얼굴을 보면 그들이 얼마나 큰 고통 속에서 죽어 갔는지 알 수 있지. 어쩔 수 없는 선택이니까."

젊은이는 왕의 말을 듣고 몹시 놀랐다. 이 별에 사는 사람들의 처지가 너무나 비참하고 불행하게 여겨졌다. 묻고 싶은 말이 더 있었지만 그는 입을 다물었다. 자신은 죽었다 깨어나도 이 끔찍한 일의 자초지종을 이해하지 못하리란 생각이 들었다. 어쩌면 이해하고 싶지 않다는 마음이 더 강했는지도 모른다.

이곳의 가련한 사람들은 인간의 권리를 짓밟힌 채, 신들의 보살핌도 받지 못하고 악의 기운에 사로잡혀 암흑을 헤매고 있었다. 비인간적이고 제멋대로인 규율과 무질서 속에서 힘겨운 삶을 이어 가고 있는 것이다. 이런 상황에서 왕에게 계속 질문을 한다는 것은 왕의 입에서 굴욕적인 대답을 얻어내 왕을 더욱 지독한 고통 속으로 몰아넣는 것과 같았다.

물론 그 사람들에게 연민을 느끼는 것은 사실이었다. 시시각각 닥쳐오는 죽음에 대한 두려움 속에서 서로를 해치며 사는 이들, 불신과 체념으로 자신의 삶을 저주하는 이들, 또 한 나라의 왕임에도 불구하고 세상 누구보다 고통스러운 얼굴을 하고 있는 이를 보면 마음이 아팠다. 하지만 젊은이

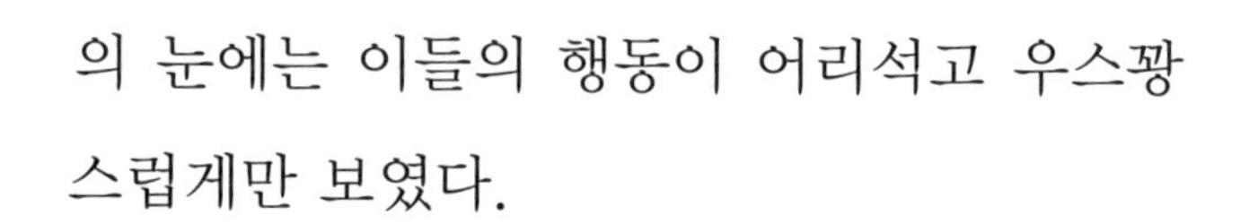

의 눈에는 이들의 행동이 어리석고 우스꽝스럽게만 보였다.

젊은이는 아무리 생각해도 한 가지 의문을 떨쳐 버릴 수가 없었다. 하루하루 고통스러운 삶을 이어 가고 있는 이들도 알고 보면 이 불행한 별의 아들과 손자들이었다. 끝없이 계속되는 살인과 파괴 속에서 삶을 마친 죽은 몸뚱어리가 들판에 내팽개쳐진다 해도, 그 몸이 썩어 새에게 뜯어 먹힌다 할지라도 미래에 대한 희망이나 영혼의 구원을 잊어서는 안 된다. 그렇지 않다면 이 잘못된 세계는 영원히 악의 구렁텅이에서 헤어 나오지 못하고, 결국 존재의 의미가 없어질 것이다.

젊은이는 마침내 결심한 듯 왕에게 말했다.

"왕이시여, 저의 무례를 용서하시고 한 말씀만 여쭙게 해 주십시오."

"얘기해 보아라."

이 낯선 젊은이에게 묘하게 마음이 끌린 왕이 너그러운 목소리로 말했다.

젊은이는 어느 모로 보나 순수하고 맑은 영혼을 지니고 있었다. 어찌 보면 아직 세상 경험이 없어, 자신이 믿고 있는 것은 한 치도 양보하지 않고 당차게 주장하는 철부지일지도 몰랐다.

“왕께서는 제 마음을 슬픔으로 가득 채우셨습니다. 저는 먼 다른 나라에서 왔습니다. 저를 이곳에 데려다 준 새의 이야기가 다 옳았습니다. 왕께서 다스리는 이 나라는 제가 생각했던 세상 어떤 고통보다 더 비참합니다. 마치 악몽을 꾸는 기분입니다. 신의 존재는 아예 없고, 악마의 손에 거머잡혀 농락을 당하고 있습니다. 제가 사는 곳에도 한때 전쟁이 벌어지고 살인과 파괴로 얼룩진 시절이 있었다는 이야기를 들었습니다. 저는 그저 사람들이 지어낸 이야기이겠거니 생각하고 믿지 않았지요. 무섭고 끔찍한 단어들은 이제 옛날이야기 책에서나 나오는 것일 뿐 이미 오래전에

사람들의 머릿속에서 지워졌으니까요. 그래서 그런 이야기들은 어딘가 황당하고 이해되지 않는 구석이 있었습니다. 그런데 오늘 저는 이 모든 것이 실제로 존재한다는 것을 직접 눈으로 보았습니다. 옛날이야기에나 나오는 그 일을 이곳 백성들이 겪고 있다는 사실을 말입니다. 왕이시여, 제발 말씀해 주십시오. 이곳 사람들의 영혼 속에는 자신들이 옳지 않은 일을 하고 있다는 생각이 깃들어 있지 않나요? 신의 자비를 구하거나 백성들을 아끼고 올바르게 끌고 가는 지도자를 그리워하는 마음이 남아 있지 않나요? 서로를 이해하고 따뜻하게 보듬어 주는 마음과 보다 이성적으로 질서를 갖추어 더 아름다운 세상을 일구어 나가려는 생각을 꿈에라도 해 본 적이 없나요? 모두가 하나 된 세상에서 남을 기쁘게 하고 돌봐주며 전체를 위해 뭐든 힘을 보태겠다는 마음 따윈 가져 본 적이 없냐고요? 제가 사는 곳에는 인간의 영혼을 찬양하는 음악이 있고, 신에게 경배하며 서로를 축복해 줍니다. 과연 그런 것들이 이곳에는 애초부터 없었다는 말인가요?”

왕은 고개를 수그린 채 젊은이의 말에 귀를 기울였다. 한참 뒤에야 왕이 고개를 들었다. 눈에는 눈물이 어려 있었지만 얼굴 가득 알 수 없는 미소가 흐르고 있었다.

왕이 입을 열었다.

“소년아, 너를 보니 문득 아이의 모습을 하고 찾아온 현자나 신 같다는 생각이 드는구나. 네 질문에 대답해 주마. 우리의 영혼에도 네가 말한 모든 것이 깃들어 있단다. 행복이 무엇인지, 자유가 얼마나 좋은 것인지, 신의 자비로움에 우리의 마음이 얼마나 기쁘게 녹아드는지 다 알고 있다. 먼 옛날 이 거대한 우주를 창조한 신의 깊은 뜻도 헤아리고 있지. 아마 넌 다른 세상에서 온 축복받은 자 같구나. 아니면 내게 신의 존재를 일깨워주기 위해 온 것이든

지. 그런데 불행이도 우리는 이미 오래전에 행복이나 영혼의 구원을 얻고자 하는 의지를 잃어버렸다. 우리 가슴속에는 미래에 대한 예감이나 희망의 그림자 따윈 들어설 자리가 없어지고 말았다."

왕이 갑자기 벌떡 일어났다. 젊은이는 깜짝 놀라 왕의 얼굴을 쳐다보았다. 그 얼굴에는 환한 아침 햇살 같은 미소가 어려 있었다.

"그만 가 보아라. 전쟁과 살인은 어차피 우리들의 몫이다. 너는 고뇌와 절망으로 얼룩진 내 마음을 어루만져 주었다. 그리고 내 어머니를 생각나게 해 주었다. 그것으로 네 할 일은 충분히 했다. 사랑스럽고 아름다운 소년아. 싸움이 시작되기 전에 어서 이곳을 빠져나가거라. 새로운 싸움으로 온 도시가 불타고 피비린내가 진동할 때 너를 기억하마. 그리고 세계가 하나라는 것도 잊지 않겠다. 분노와 어리석음과 야만성이 우리를 결코 나누지 못하리라는 것도 말이다. 잘 가거라, 소년아. 너

의 별에 행운을 빌어 주마. 새가 파먹은 심장의 형상을 한 그 야만의 신에게도 인사를 전해다오. 나는 그 새와 심장에 대해 잘 알고 있다. 먼 별에서 온 친구여, 나중에라도 이 가련한 왕을 생각하려거든 슬픔에 잠겨 있는 모습이 아니라 손에 피를 묻힌 채 눈물 젖은 얼굴로 미소를 짓는 모습을 떠올려 다오."

왕은 잠든 시종을 깨우지 않고 몸소 천막의 휘장을 열어 주며 낯선 이방인을 배웅했다. 젊은이는 다시 들판을 향해 걸었다. 머릿속이 새로운 생각으로 가득 차 아무것도 눈에 들어오지 않았다. 하늘에는 어느덧 노을이 깔리고 멀리 검붉은 불길에 휩싸인 도시의 모습이 보였다. 그는 죽은 이들과 말의 시체가 그득한 들판을 빠져나와 숲에 이르렀다. 날은 이미 어두워졌다.

그때 갑자기 구름 속에서 검은 새가 나타나 숲에 내려앉았다. 그러더니 그를

태우고 올빼미처럼 어두운 밤하늘을 날아 갔다.

눈을 떠 보니 산속의 작은 사원에 누워 있었다. 마치 어지러운 꿈에서 깬 기분이었다. 그가 타고 온 말이 사원 앞 밤이슬이 내린 풀밭에서 히힝 울어 댔다.

날이 밝아오고 있었다. 젊은이는 새를 타고 찾아간 낯선 별에서 본 광경과 왕과 전쟁에 대한 생각을 떨쳐 버렸다. 그것은 그의 영혼 속에 어두운 그림자로 남았다. 손톱 밑에 박힌 가시처럼 함께 지고 가야 할 아픔이었으며, 어떤 식으로도 채워지지 않는 바람일 뿐이었다. 어릴 적 꿈속을 찾아와 늘 괴롭히던 것과 마침내 마주쳐 사랑을 고백하고 기쁜 마음으로 미소를 짓게 되기를 갈망하던, 바로 그런 작은 바람.

젊은이는 쉬지 않고 말을 달렸다. 수도에 당도하여 왕을 뵙고 사절의 임무를 띠고 왔음을 아뢰었다. 왕은 그의 이마에 손을 얹으며 자애롭게 맞아 주었다.

"눈빛만 보아도 네 마음이 전해지는구나. 너의 청이 무엇이든 다 들어주리라."

왕은 젊은이에게 원하는 만큼 온 나라의 꽃을 내어 주라는 내용의 친서를 써 주었다. 왕의 특별 지시를 받은 수행원들이 젊은이를 호위하며 길을 떠났다. 마차의 끝없는 행렬이 그 뒤를 따랐다.

나라 안 곳곳을 돌아 고향 마을에 돌아왔을 때, 마차에는 북쪽 지방의 정원과 온실에서 가꾼 아름다운 꽃들이 가득 실려 있었다. 마을이 온통 꽃향기에 취할 정도였다. 꽃과 나무들은 죽은 이들의 관을 장식하고 장례식을 성대하게 치르고도 남았다. 묘지 앞에는 고인을 애도하는 꽃다발 외에도 작은 꽃나무가 자라게 되었다.

젊은이는 친구의 장례식을 치르고 사랑하는 말의 무덤에도 꽃을 바쳤다. 그들이 지상에서의 삶을 내려

놓고 이제 편안히 쉴 수 있게 되어 마음이 놓였다. 모든 일이 다 끝나고 한숨 돌리게 되자 그동안 잊고 있었던 기억이 떠올랐다. 산속의 사원에서 검은 새를 만나 낯선 별에서 보고 온 일들이 하나하나 되살아나며 그의 영혼을 마구 뒤흔들었다.

그는 뭔가에 사로잡힌 듯 친구의 무덤을 찾아가 꼬박 하루 밤낮을 꼼짝 않고 앉아 있었다. 핏빛으로 물든 들판과 썩어 가는 시체들, 폐허가 된 도시, 전쟁, 왕의 눈물, 이 모든 것이 또렷하게 떠오르며 그를 다시금 고통으로 밀어 넣었다.

어느 날, 마을의 원로를 찾아간 젊은이는 낯선 별에서 있었던 일들에 대해 털어놓았다. 노인은 잠자코 이야기를 듣고 나더니 물었다.

"얘야, 지금 이야기한 것들을 네 눈으로 직접 본 것이냐? 아니면 그런 꿈을 꾼 것이냐?"

그러자 젊은이가 대답했다.

"저도 잘 모르겠어요. 꿈을 꾼 것일지

도 모르죠. 하지만 그런 건 중요하지 않아요. 그 일들이 제 머릿속에 강하게 자리 잡고 있으니까요. 지울 수 없는 그림자가 되어서요. 그 별에서 일어나는 일들이 시도 때도 없이 제 가슴을 억누르고 있어요. 제가 어떻게 하면 좋을지 말씀해 주세요."

노인은 젊은이의 눈을 들여다보며 말했다.

"내일 아침에 그 새를 만났던 산으로 가 보아라. 가서 정말 그 자리에 사원이 있는지 찾아보렴. 나는 세상을 꽤 오래 살았지만 그런 상징물에 대해서는 한 번도 들어 본 적이 없구나. 내 생각엔 다른 별의 신이 아닌가 싶다. 아니면 아득히 먼 옛날, 사람들을 죽음과 공포로 몰아넣던 혼란한 시대의 유물일 수도 있지. 아무튼 그 사원에 가서 제단에 꽃과 꿀과 노래를 바치도록 해라."

젊은이는 노인에게 감사를 드리고 그 집을 나왔다.

다음 날 아침, 그는 그해 여름에 첫 번째로 딴 귀한 꿀을 담아 가지고 길을 떠났다. 산길을 오르다 보니 예전에 푸른 방울꽃을 꺾었던 바위가 보였다. 이어 계곡 입구의 가파른 비탈길이 보이고, 말에서 내려 걸어 갔던 기억이 새록새록 떠올랐다.

그러나 사원이 있던 자리에는 아무것도 없었다. 그 때 보았던 소박한 건물이며 돌로 된 제단, 나무 기둥은 어디에도 없었다. 혹시 검은 새가 있을지 몰라 근처를 샅샅이 뒤지며 흔적을 찾아보았지만 끝내 아무것도 발견하지 못했다. 우연히 그 길을 지나는 사람이 있어 붙잡고 물어 보아도 산속에서 사원을 보았다는 이는 아무도 없었다.

젊은이는 고향으로 돌아왔다. 그리고 마을의 신전으로 들어가 꿀을 바치고 악기를 연주하며 노래를 불렀다. 그는 꿈에 보았던 그 사원과 검은 새, 낯선 별에서 만난 농부와 들녘의 비참한 주검들, 그리고 전쟁터의 왕을 위해 축복해 달라고 신전에 기도했다. 그러고 나니 마음이 한결 편안해졌다.

집으로 돌아간 그는 침실 벽에 세계가 하나임을 나타내는 상징물을 걸어놓고 잠이 들었다. 그는 길고 긴 꿈을 꾸었다. 꿈속에서 그때의 일들이 하나하나 지워졌고, 그의 영혼은 다시 맑고 환한 기쁨으로 채워졌다.

이튿날 아침, 그는 새로 화원을 일구기 위해 노래를 부르며 땅을 갈아엎었다. 오후에는 복구 작업을 마무리하는 이웃들을 도왔다. 어느덧 지진의 흔적이 말끔히 사라지고 있었다.(1915년)

젊은 시인

중국에 한 씨 성을 가진 시인이 살았다. 젊은 시절 그는 시 쓰는 법을 갈고닦아 완성의 경지에 이르고자 하는 충동에 사로잡혀 있었다. 그는 황하 부근에 있는 작은 마을에서 태어났다. 아들을 몹시 사랑하던 그의 부모는 아들이 장가갈 나이가 되자 좋은 집안의 처녀를 골라 약혼을 시켰다. 그는 약혼녀가 마음에 들었고, 두 사람은 좋은 날을 받아 곧 결혼식을 올리기로 했다.

그때 시인의 나이는 스무 살쯤 되었다. 그는 잘생기고 겸손하며 무척 예의 바른 젊은이였다. 글도 많이 읽었으며, 젊은 나이에도 불구하고 시 짓는 솜씨가 뛰어나 고향의 문인들 사이에서는 꽤 이름이 알려져 있었다. 시인의 집안

은 썩 부유하지는 않았지만 먹고사는 데는 어려움이 없었다. 그는 꽤 많은 유산을 물려받게 되어 있었고, 신부가 가져올 지참금까지 합하면 평생 돈 걱정 없이 살 수 있었다.

더구나 아름답고 덕 있는 신부를 얻게 되어 마을 사람과 친구들의 부러움을 샀다. 그런데도 그의 마음에는 뭔가 채워지지 않는 아쉬움이 남아 있었다. 세상에서 가장 완벽한 시를 쓰고 싶다는 생각이 늘 머릿속을 떠나지 않고 그를 옥죄었기 때문이었다.

어느 여름날이었다. 강가에서 등불 축제가 벌어져 온 마을이 축제 분위기에 들떠 있었다. 그는 사람들을 벗어나 혼자서 강둑을 거닐고 있었다. 강둑의 버드나무는 강물 위로 긴 가지를 늘어뜨린 채 부드러운 밤바람에 긴 머리채를

일렁였다. 그는 나무에 기대어 수천 개의 등불이 수면에 비쳐 흔들리며 아롱대는 모습을 바라보았다. 축제를 보러 온 많은 사람들이 작은 배와 뗏목을 타고 강물 위에서 서로 인사를 나누었다. 모두들 가장 좋은 옷으로 차려입고 나왔는데, 특히 젊은 처녀들의 모습은 꽃처럼 아름다웠다. 불빛이 어른거리는 강물은 나지막한 소리를 내며 흘렀다. 청아하고 감미로운 노랫소리가 현악기의 맑은 선율과 피리 소리와 어우러져 들려왔다. 거대한 신전의 둥근 천장같은 깊고 푸른 밤이 지상에서 벌어지는 축제를 내려다보듯 감싸고 있었다.

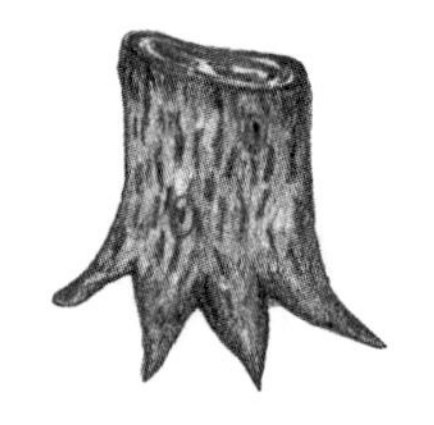

젊은 시인은 맞은편 강둑에서 호젓하게 이 모습을 바라보았다. 가슴이 뛰었다. 한편으로는 강을 건너가 자신의 약혼녀나 친구들과 함께 축제 분위기에 빠져들고 싶었다. 하지만 눈에 보이는 이 아름다운 모습을 한 편의 완전한

시 속에 담고 싶은 욕망이 그를 붙잡고 놔주지 않았다. 밤의 푸른 신비 속에서 강물을 희롱하는 등불의 현란함과, 축제를 즐기는 사람들의 들뜬 얼굴들, 그리고 강둑의 나무 둥치에 기대어 이들을 바라보는 외로운 구경꾼의 마음을 시로 표현해 보고 싶었던 것이다.

그는 문득 자신이 영원한 이방인처럼 느껴졌다. 이 지상에 있는 어떤 축제나 즐거움 속에도 자신을 내맡기며 완전히 빠져들 수는 없을 것이라는 생각이 들었다. 어쩌면 자신은 애초에 고독한 구경꾼의 운명을 지고 태어난 것이 아닐까? 그는 숱한 사람들 속에 둘러싸여 있으면서도 자신의 영혼은 홀로 지상의 아름다움과 이방인의 비밀스러운 욕망을 좇게 될 것이라는 생각에 강하게

사로잡혔다. 갑자기 서글픈 기분이 든 그는 곰곰 생각에 잠겼다.

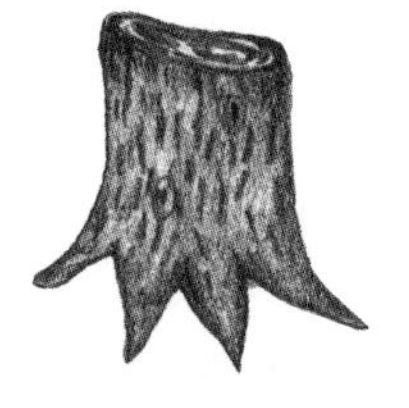

한참 뒤 그는 마음을 굳혔다. 언젠가는 기필코 시에 세상을 완벽하게 담아내리라. 시를 통해 세상을 더욱 맑게 하여 영원히 가질 수 있게 된다면 비로소 그의 마음에 진정한 행복이 들어서고, 그땐 더 이상 아무것도 바랄 게 없을 것이라고 생각했다.

그는 나른한 몽상에 취한 상태에서 얼핏 무슨 소리를 들은 듯했다. 언제부터 그 자리에 있었는지 모르지만 생전 처음 보는 노인이 나무 앞에 서 있었다. 노인은 보라색 옷을 입었는데, 기품이 있었고 위엄이 느껴졌다. 그는 몸을 바로하고 깍듯이 예의를 갖추어 노인에게 인사를 했다. 낯선 노인은 조용히 미소를 짓더니 느닷없이 시 한 구절을 읊었다. 시에는 젊은 시인이 보고 느꼈던 것들이 아름답고 완벽하게 그려져 있었으며, 누구도 흉내 내

지 못할 대가다운 솜씨가 엿보였다. 그는 심장이 멈추는 것 같았다.

"어르신은 누구십니까?"

젊은이는 허리를 굽혀 절을 올리며 말했다.

"어떻게 제 영혼을 들여다보신 건가요? 어르신께서는 지금까지 제가 들어온 어떤 시보다 아름다운 시를 들려주셨어요."

낯선 노인은 싱긋 웃으며 말했다.

"훌륭한 시인이 되고 싶으면 날 찾아오게. 나는 북서쪽 깊은 골짜기의 강 상류에 살고 있네. 세상 사람들은 흔히 나를 시의 대가라고 부르지."

말을 마친 노인은 나무 그늘 속으로 들어가는가 싶더니 어느 틈에 자취를 감추었다. 그가 얼른 뒤따라갔지만 어디서도 노인의 모습을

찾을 수가 없었다. 그는 자신이 너무 생각에 골몰한 나머지 잠시 꿈을 꾸었나 보다고 생각했다.

그는 자리를 벗어나 배를 타고 축제를 즐기는 사람들 틈에 끼었다. 하지만 낯선 노인의 신비한 음성이 노랫소리와 피리 소리에 뒤섞여 귀를 떠나지 않았다. 그의 영혼은 이미 노인을 따라 어디론가 가 버린 듯했다. 복잡한 축제 인파 속에서도 그는 꿈꾸는 듯한 눈빛으로 멍하니 앉아 있었다. 친구들이 그런 그를 보고 예쁜 약혼녀에게 홀딱 빠져 정신을 못 차린다며 놀려 댔다.

며칠 뒤 젊은 시인의 아버지는 아들에게 친척들을 불러 결혼 날짜를 잡자고 말했다. 그러자 아들이 뜻밖의 얘기를 꺼냈다.

"아버지의 말씀에 따르지 못하는 저를 용서해 주십시오. 아버지께서는 제가 얼마나 시에 대한 열망이 강한지 알고 계실 겁니다. 저는

세상에서 가장 완벽하고 훌륭한 시를 쓰고 싶습니다. 친구들은 더러 제 시를 칭찬하지만 제가 부족하다는 건 스스로도 느끼고 있습니다. 얼마 동안만이라도 아무것에 얽매이지 않고 시 쓰는 일에만 몰두할 수 있도록 시간을 주십시오. 결혼을 하게 되면 가장으로서 책임감 때문에 시 따위는 생각도 못 하게 될 것입니다. 저는 아직 젊으니 제 꿈을 이루기 위해 온 힘을 다하고 싶습니다. 아버지, 시를 쓰며 그 안에서 기쁨을 얻고 이름을 빛낼 수 있도록, 제가 원하는 삶을 허락해 주세요."

아버지는 깜짝 놀랐다.

"네가 시를 좋아하는 줄은 알고 있다. 설마 그것 때문에 결혼식을 미루려는 건 아니겠지? 혹시 네 약혼녀와 무슨 일이 있었느냐? 아니면 그 처녀가 마음에 들지 않는

게냐? 솔직하게 말해다오. 문제가 뭔지 알아야 널 도와줄 것 아니냐."

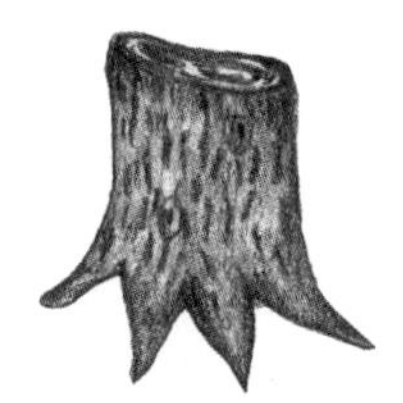

그러자 아들은 약혼녀를 사랑하는 마음은 변함없으며, 두 사람 사이에는 아무런 문제도 없다고 말했다. 그러고는 지난번 등불 축제 때 있었던 일을 털어놓았다. 그날 뜻밖에도 훌륭한 시의 대가를 만났는데, 그의 제자가 될 수 있다면 세상의 그 어떤 행복과도 바꾸고 싶지 않다는 이야기였다.

아버지는 한참 동안 생각하더니 입을 열었다.

"그래, 좋다. 어쩌면 그 노인은 하늘이 너를 위해 보낸 사람인지도 모르겠구나. 1년의 시간을 줄 테니 네 꿈을 한 번 좇아가 보아라."

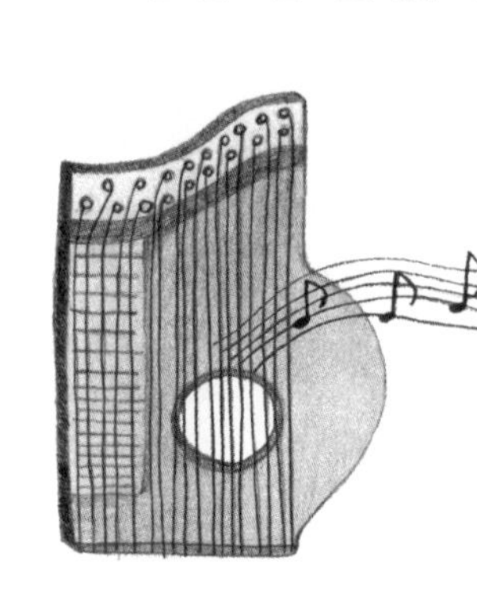

그는 아버지의 말을 듣고 기뻐했다.

"고맙습니다, 아버지. 하지만 1년으로는 부족합니다. 사실 몇 년이 걸릴지 어찌 알겠습니까?"

아버지는 마지못해 허락은 했지만

아들의 앞날이 걱정되어 마음이 편치 않았다. 젊은 시인은 그 길로 약혼녀에게 자신의 생각을 적어 보냈다. 그리고 가족과 친구들을 떠나 방랑의 길을 나섰다.

낮 동안에는 쉬지 않고 걸었고, 밤이 되면 이슬을 피해 나무나 바위 밑에서 잠을 잤다. 달빛이 환한 밤이면 날이 새도록 걸을 때도 있었다.

그의 마음은 시에 대한 강한 열정으로 가득 차 있어서 힘들고 피곤한 줄도 몰랐다. 마침내 그는 노인이 일러 준 강의 상류에 도착했다. 깊은 산골짜기에 대나무로 엮은 오두막 한 채가 보였다. 뒤에는 험한 산들이 높게 둘러 있고 앞에는 골짜기를 타고 내려온 물줄기가 작은 내를 이루며 흐르고 있었다.

젊은 시인은 오두막 앞

에 앉아 있는 노인을 보자 가슴이 뛰었다. 바로 등불 축제 날 그에게 아름다운 시를 들려준 그 노인이었다. 노인은 류트(만돌린과 비슷한 옛날 현악기-역주)를 연주하고 있었다. 그는 존경 어린 눈빛으로 예를 갖추며 노인에게 다가갔다. 노인은 일어서지도 않았으며 인사 한 마디 건네지 않았다. 입가에 미소를 머금은 채 류트의 현을 부드럽게 뜯으며 음악을 연주할 뿐이었다. 가슴을 울리는 깊은 선율이 골짜기를 따라 퍼져 나갔다. 젊은 시인은 살면서 그렇게 아름다운 음악은 들어 본 적이 없었다. 그는 그 자리에 우뚝 선 채 음악에 취하여 그만 모든 것을 잊어버렸다.

음악이 끝나고 류트를 내려놓은 노인이 오두막 안으로 들어가자 젊은이는 조용히 뒤를 따랐다. 그날부터 그는 노인의 제자가 되어 시중을 들며 머물게 되었다.

오두막에 온 지 한 달이 지났을 무렵, 그는 전에 지었던 자신의 시

들이 얼마나 보잘것없는 것인지 깨닫게 되었다. 그 하찮은 것에 매달려 시에 대한 열정을 불태웠던 자신이 부끄러웠다. 그는 그 시들을 마음속에서 지워 버렸다. 몇 달 뒤에는 고향의 스승에게서 배웠던 시들도 그에게 더 이상 아무런 의미가 되어 주지 못했다.

시의 대가는 그에게 말을 거는 법도 없었고, 그저 류트 연주만을 가르쳤다. 마치 제자의 온몸과 마음을 음악으로 가득 채워 넘치게 할 생각인 듯했다.

하루는 젊은 시인이 물빛 가을 하늘을 날아가는 새 두 마리의 모습을 시로 읊었다. 자신이 봐도 꽤 잘 지은 시 같았다. 하지만 그는 스승에게 보여 줄 엄두가 나지 않았다. 어느 날 황혼 무렵, 그는 오두막으로부터 좀 떨어진 곳에서 그 시를 읊었다. 스승도 그 시를 들었을 법한데

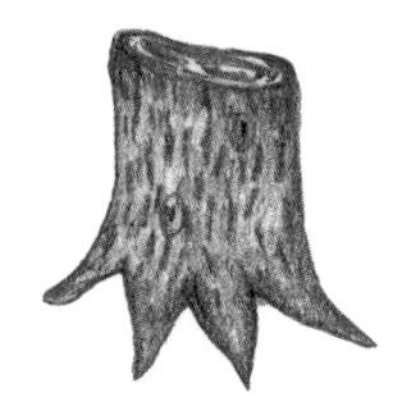

이렇다 저렇다 한마디 말이 없었다. 그저 어린아이를 품에 안고 어루만지듯 류트만 연주할 뿐이었다. 그런데 한순간 대가의 손놀림이 빨라지는가 싶더니 갑자기 날이 서늘해졌다. 이어 하늘이 컴컴해지면서 강한 돌풍이 일었다. 그때 폭풍이 몰아치는 잿빛 하늘을 재두루미 두 마리가 거침없이 가로지르며 자유로운 방랑의 기쁨을 노래했다. 그 모습은 더할 수 없이 경이로웠다. 그에 비하면 자신이 지은 시는 한낱 너절한 감상에 지나지 않는다는 생각이 들었다. 그는 자신의 무능함을 다시 한 번 뼈저리게 느꼈다. 노인은 늘 이런 식으로 가르쳤다.

1년이 지나자 젊은 시인은 류트 연주법을 거의 완전하게 익혔다. 물론 대가의 솜씨를 따라잡으려면 어림도 없었지만 류트의 음률에 어느 정도는 자신의 생각과 마음을 담아 노래할 줄 알게 되었다. 그럴수록 시 쓰는 일은 더욱

어려워졌다. 감히 다 가갈 수 없는 시의 숭고함을 느끼게 되면서 그는 가슴을 쥐어뜯으며 절망했다.

어느덧 세월이 흘러 젊은 시인이 이곳에 온 지도 2년이 지났다. 그는 고향에 있는 가족과 약혼녀가 몹시 보고 싶었다. 밤마다 고향집 동구 밖을 서성이는 꿈을 꾸기도 했다.

어느 날 그는 스승에게 집에 다녀오겠다고 말했다.

대가는 미소를 지으며 말했다.

"마음대로 하게. 자넨 자유로운 몸이니 언제든지 여길 떠날 수 있지. 다시 돌아와도 되고 아주 영영 떠나도 상관없네."

그는 그 길로 오두막을 나와 고향집을 향해 달렸다. 가족과 약혼녀를 만날 생각을 하니 마음이 설레어 밤에

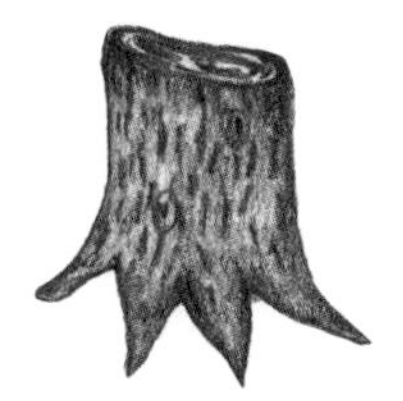

도 쉴 수가 없었다. 그렇게 몇 날 며칠을 달려 어느 새벽녘에 고향의 강기슭에 도착했다. 다리 저쪽에 그리운 고향집이 보였다. 그는 사람들 눈에 띄지 않게 집 정원으로 들어가 침실 창문으로 안을 들여다보았다. 깊이 잠든 아버지의 숨소리를 들으니 가슴이 뭉클했다. 그는 말없이 그곳을 떠나 약혼녀의 집 과수원으로 숨어들었다. 높은 나무에 올라가니 약혼녀가 창가에 서서 머리를 빗고 있는 모습이 보였다. 그는 그 순간에도 실제 눈으로 본 것과 자신이 향수에 젖어 그려 보았던 모습을 비교해 보았다. 그러고는 자신은 어쩔 수 없이 시인이 되기 위해 태어났다는 생각을 굳혔다. 어쨌든 자신이 꿈꾸는 시의 세상에는 실제 사물에서 찾아볼 수 없는 아름다움과 고상한 품격이 있었다.

그는 나무에서 내려와 약혼녀의 집을 빠져나왔다. 그리고 다리를 건너 고향을 떠났다. 그가 깊은

골짜기의 오두막으로 돌아왔을 때, 늙은 스승은 변함없이 같은 자리에 앉아 류트를 연주하고 있었다. 그는 인사 한마디 없이 그저 예술의 기쁨을 노래하는 시 구절을 읊었다. 젊은이는 눈물을 흘렸다. 그 심오한 아름다움에 가슴이 벅차 눈물을 주체할 수가 없었던 것이다.

젊은 시인은 다시 시의 대가 곁에 머물렀다. 스승은 제자가 류트 연주를 완벽하게 해내자 치터(빈 나무통에 여러 줄의 현을 매단 악기로 유럽에는 다양한 형태의 치터가 있다-역주)를 가르쳤다.

세월은 흐르는 물과 같았다. 그는 특별히 어제와 다를 게 없는 깊은 산속의 일상에 점점 길들여졌다. 그동안 두어 차례 향수병이 도져 몸살을 앓기도 했다. 불현듯 고향 생각이 치밀어 한밤중에

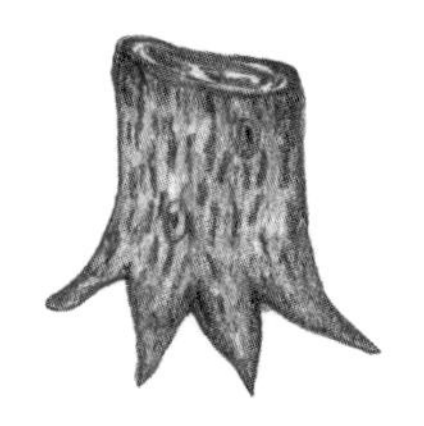

몰래 오두막을 빠져나간 적도 있었다. 그런데 산모퉁이를 돌기도 전에 골짜기의 거센 밤바람이 오두막 문에 걸려 있던 치터의 현을 건드리곤 했다. 낮고 아득한 치터 선율이 계속해서 따라오며 그의 발목을 붙들었다. 그래서 결국 그는 발길을 돌릴 수밖에 없었다.

한번은 이런 꿈을 꾸었다. 꿈속에서 그는 정원에 어린 나무를 심고 있었고, 아내와 아이들이 그가 심은 나무에 물과 거름을 주고 있었다. 놀라 깨어 보니 달빛이 방 안 가득 흘러넘치고 있었다. 그는 마음이 어수선하여 자리에서 벌떡 일어났다. 옆에는 스승이 자고 있었다. 숨을 내쉴 때마다 긴 잿빛 수염이 부드럽게 흔들거렸다. 그는 문득 스승에 대한 증오심이 끓어올랐다. 자신의 삶을 송두리째 무너뜨리고 자신의 미래를 기만한 장본인이라는 생각이 들었다. 순간적으로 스승의 목을 조르고 싶은

욕망이 강하게 솟구쳤다. 그때 스승이 눈을 떴다. 스승은 온화하고 슬픈 눈빛으로 미소를 지으며 말했다.

“자네 인생은 자네 것이니 하고 싶은 대로 하게. 고향으로 돌아가 나무를 심고 싶으면 그렇게 하게. 나에 대한 증오심 때문에 이 자리에서 내 목을 조른다 한들 어쩔 수 없는 일이지 않는가. 마음대로 하게.”

그는 그만 맥이 풀려 그 자리에 엎어져 울부짖었다.

“제가 어찌 하늘과 같은 스승님을 증오하겠습니까! 그런 일은 꿈에도 생각할 수 없습니다.”

언제 그런 일이 있었냐는 듯 젊은 시인은 치터를 열심히 배웠다. 치터에 이어 피리도 완벽히 연주할 수 있게 되자 스승은 드디어 시를 가르쳤다. 얼핏 보기에는 단순하고

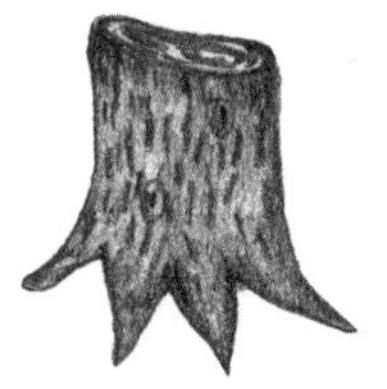

특별해 보이지 않아도 스승이 가르치는 작법은 굉장한 힘을 지니고 있었다. 호수의 수면 위로 불어오는 바람처럼 사람의 영혼을 휘어잡는 비밀스러운 기술이었다. 그는 이른 아침 산봉우리에서 얼굴을 내밀며 온 세상을 금빛 햇살로 물들이는 태양의 모습을 묘사했고, 물에 비친 산 그림자에 놀라 물고기가 황급히 꼬리를 휘저으며 달아나는 모습을 시에 담았다. 때로 그의 시에서는 새순이 움튼 버드나무 가지가 봄바람에 하늘거리며 봄의 신비를 노래하기도 했다. 가만히 들어 보면 태양과 물고기의 숨바꼭질이나 버드나무 가지의 여린 하소연 같은 노래 속에는 늘 온 세상이 하나로 어우러져 완전한 음악을 연주하고 있었다. 사람들은 이런 노래를 들으며 제각기 자신이 사랑하거나 증오하는 대상을 떠올리게 마련이다. 소년은 자나 깨나 놀이의 승부를 생각하고, 젊은이들은 연인을 그리워하며, 노인은 머

지않아 찾아올 죽음을

생각하게 된다.

그는 자신이 얼마나 오랫동안 오두막에 머물러 있었는지 알지 못했다. 골짜기의 오두막을 찾아와 스승의 류트 연주를 들은 게 엊그제 같은데, 숱한 세월이 흘러 그런 일이 언제 실제로 있었나 하는 의구심이 들기도 했다.

어느 날 아침 눈을 떠 보니 오두막에는 자기 혼자뿐이었다. 골짜기 곳곳을 뒤지고 다니며 찾아도 스승의 모습은 온데간데없었다. 하룻밤 사이에 가을이 성큼 다가온 것처럼 찬바람이 오두막 안으로 휘몰아쳤다. 철새들은 겨울을 나기 위해 산마루 위로 무리 지어 날아가고 있었다.

시인은 낡은 류트를 들고 산을 내려와 고향으로 갔다. 사람들은 그에게 나

이 든 노인들에게 예를 갖추듯 공손히 인사를 했다. 아버지와 친척들, 약혼녀는 모두 늙어서 죽었고, 정든 옛집에는 낯선 사람들이 들어와 살고 있었다. 밤이 되자 때마침 강에서 등불 축제가 벌어졌다.

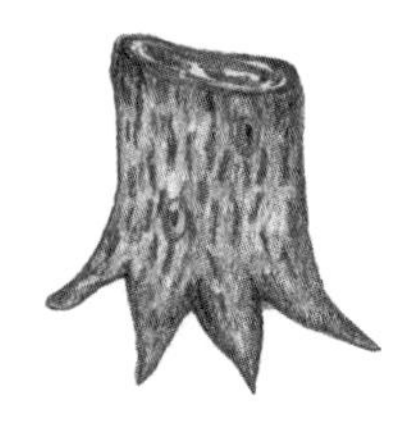

그는 북적이는 사람들 틈에서 벗어나 맞은편의 어둑한 강둑으로 갔다. 먼 옛날 그가 등을 기대고 서 있었던 나무는 이제 그루터기만 남아 있었다. 그는 마른 나무 등걸에 걸터앉아 류트를 연주했다. 여자들이 가슴을 뒤흔드는 음악에 취해 밤하늘을 올려다보며 뜨거운 한숨을 내쉬었다. 소녀들은 어디서 그런 아름다운 음악이 들리는지 궁금했지만 류트 연주자의 모습은 어디서도 찾을 수가 없었다. 모두들 이렇게 아름다운 류트 소리는 태어나서 처음 듣는다고 말했다.

시인은 조용히 미소를 지으며 강물을 물끄러미 들여다보았다. 수천 개의 등불이 수면에 어리어

반짝이는 모습은 마치 천상의 세계와 같았다. 이것이 실제인지 아니면 그가 좇는 꿈의 세상에 존재하는 것인지 분간할 수가 없었다.

이윽고 그는 깨달았다. 지금 그가 보고 있는 이 축제와 젊은 시절 그가 거기에서 낯선 대가의 말을 들었던 그 축제가 결코 다르지 않다는 것을.(1913년)

헤르만 헤세 아저씨의 동화 작품 설명

구도자

뛰어난 지혜와 지도력을 지닌 안내자를 따르면서도 끊임없이 의심하고 질문하는 한 사람의 이야기이다. 작가의 개인적인 경험이 반영된 작품으로, 최후의 순간에 자신의 의지로 행동하는 인간의 모습을 통해 운명을 결정지을 수 있는 것은 결국 자신뿐이라는 교훈을 준다.

팔둠

한 예술가의 소원으로 생겨난 산이 세월이 흐르며 변하고, 다시 태어나는 과정을 그리고 있다. 산은 오랜 시간을 거치며 무의식 속으로 사라진 기억을 더듬어 자아를 찾으려 노력한다. 그리고 결국 자신 안에서 대립하던 인간과 자연을 조화롭게 받아들여 넓은 바다로 다시 태어나게 된다.

낯선 별에서 생긴 일

주인공 소년은 신비로운 새를 통해 전설 속에서만 보던 참혹한 세계를 경험하게 된다. 작가는 이 이야기를 통해 전쟁의 잔인함과 비인간적인 모습, 이기적인 마음으로부터 시작된 싸움의 무의미함을 꼬집고 있다

젊은 시인

진정한 예술가로 다시 태어나는 한 젊은 시인의 이야기를 통해 예술가의 발전 과정과 참된 예술의 어려움을 이야기한다. 진정한 행복감과 깊은 만족감을 주는 예술을 완성하기 위해 끝없이 정진하는 주인공의 모습은 예술의 가치를 다시금 생각하게 한다.

헤르만 헤세 연표

- **1877년** 독일 남부의 작은 도시 칼브에서 선교사인 요하네스 헤세의 아들로 태어났다.
- **1891년 14세** 신학교에 입학하였다.
- **1892년 15세** 작가가 되기 위해 7개월 만에 신학교를 자퇴했다.
- **1894년 17세** 시계 공장에서 견습공으로 일했다.
- **1895년 18세** 튀빙겐에 있는 헤켄하우어 서점의 점원으로 취직했다.
- **1899년 22세** 소설 쓰기를 시작했다.
- **1901년 24세** 《알게마이네슈바이처》 신문에 기사와 평론을 기고하여 이름을 알렸다.
- **1904년 27세** 소설 《페터 카멘친트》를 출간하여 신인 작가로 주목 받았다.
- **1905년 28세** 소설 《수레바퀴 밑에서》를 출간하였다.
- **1919년 42세** 소설 《데미안》을 출간하였다.
- **1922년 45세** 소설 《싯다르타》를 출간하였다.
- **1930년 53세** 소설 《나르치스와 골트문트》를 출간하였다.
- **1939년 62세** 제2차 세계 대전이 일어나 모든 작품이 출간 금지되었다.
- **1943년 66세** 소설 《유리알 유희》가 출간되었다.
- **1946년 69세** 《유리알 유희》로 노벨 문학상을 받았다.
- **1947년 70세** 베른 대학으로부터 명예 문학 박사 학위를 받았다.
- **1957년 80세** 《헤세 전집》 7권을 출간하였다.
- **1962년 85세** 8월 9일, 스위스 몬타놀라에서 뇌출혈로 세상을 떠났다.